온다 씨의 강원도

막연하지 않은 강원살이

온다 씨의 강원도

김준연 지음

onda

온다 씨가 누구인지는 정확히 밝혀진 바가 없다. 어떤 이는 그가 일본인으로서 유도 2단에 장거리달리기가 특기라고도 하고 다른 이는 그가 이탈리아인으로서 '파도'라는 뜻의 자신의 이름을 따라 바다로 떠났다고도 한다. 하지만 여기에서는 온다 씨가 파주에서 일하던 한국인 편집자라고 해두자.

온다 씨가 일하던 파주 출판단지는 그곳에서 일하는 사람들에게는 황량하고 지루한 곳이었다. 그래서 그는 지루함을 이겨내기 위해 걷기 시작했고, 그러다 보니 자신의 이름을 붙인 산책길을 만들어냈다. 온다 씨는 그 길을 함께 걷는 사람들에게 설명하곤 했다.

"이 출판사에서는 사진문고가 나오는데 재밌게도 새 시리즈가 아니라 예전에 냈던 해적판에 프리미엄이 붙어버렸죠."

"이 나무의 잎사귀를 봐요. 일곱 장으로 돼 있죠? 마로니에 나무랍니다. 그럼 이 나무 옆에 있는 출판사는 이름이 뭘까요?"

"이 출판사는 루이스 캐럴의 책으로 돈을 번 모양이에요. 그래서인지 저렇게 토끼를 놓아기른답니다. 함부로 토끼를 좇아갔다간 목이 제멋대로 길어졌다 짧아졌다 할지도 모르니 조심하세요."

온다 씨는 봄이 되면 흔하디흔한 개나리로부터 꽃잔디와 배꽃까지 즐길 수 있는 산책길을 걸었고, 가을이면 군인들이 파놓은 참호를 따라 심학산에 올라갔으며 산 정상에선 볼을 발갛게 물들이고 김밥을 씹어 삼키는 동료들과 눈을 마주치며 웃곤 했다.

그러던 온다 씨가 강원도로 이사했다. 강원도에는 아무런 연고도 없었으므로 그곳에서 살아가기란 막연한 일로만 느껴졌다. 그래서 온다 씨는 자신보다 먼저 강원도로 온 사람들에게 묻기 시작했다. 왜 이곳으로 오게 됐냐고. 그리고 여기에선 어떻게 살아가야 하느냐고. 사람들은 온다 씨와 함께 걸으며 자신의 이야기를 들려주었다.

온다 씨가 만난 사람들은 다양한 계기로 강원도로 이주했다. 계속 그곳에 살던 사람도 있었고 어렸을 때 살던 곳으로 돌아온 사람도 있었다. 누군가를 따라서 강원도로 온 사람이 있는가 하면 스스로 그곳을 찾아간 사람도 있었다. 그리고 지금 살고 있는 곳에 대한 감정도 제각기 달랐다.

서울에 살던 이순임 씨는 남편의 고향인 고성으로 이주했다. 서울에서는 주부로서 가족들과 소통했다면 고성으로 이주한 이순임 씨는 더 넓은 사회적 관계 속으로 복귀했다. 그래서인지 그에게 있어 강원도에서의 삶은 아주 만족스러운 것이라고 한다. 도시에서 살다가 어머니의 고향인 양양에 오게 되었다는 김은성 씨도 순조롭게 강원도에 정착했고, 양양이 무척 좋다고 말한다.

반면 온다 씨처럼 아무런 연고 없이 강원도로 온 이들은 조금 고생을 하고 있는 듯도 했다. 박한영 씨나 박지인 씨, 박성진 씨가 그런 경우였는데 그들은 제각기 일러스트 작업이나 서핑, 글쓰기 등에서 자기 삶의 중심을 찾으며 강원도에서의 생활에 적응해가고 있었다.

온다 씨가 만난 사람들 중 줄곧 강원도에서 살았거나 어렸을 때 살던 곳으로 돌아온 이들은 공교롭게도 모두 '영북'으로 묶이기도 하는 지역의 중심인 속초에 터를 잡고 있었다. 속초 토박이인 김안나 씨는 이 지역의 본모습을 기억하며 그것을 지켜가려 애쓰고 있었고, 최윤복 씨와 최윤성 씨는 각기 자신의 꿈을 찾아 속초로 돌아와 그것을 실현해가고 있었다.

나는 온다 씨의 곁에서 걷거나 간혹 온다 씨가 되어 여덟 명의 인터뷰이가 들려주는 이야기를 들었다. 그들과 함께 걸은 길들은 예전에 걸어본 곳도 있었고 아주 낯선 곳도 있었다. 그러나 한 가지 분명한 것은 이 산책길들이 그들의 시선에 의해 재해석되었다는 사실이었다. 어떤 장소들은 수없는 방문객에게 소비되면서 그들의 기대에 따라 모습을 바꿔가기도 하지만, 강원도에 정착하여 살고 있는 사람들의 선택을 받은 산책길들은 그들의 삶에 조금 더 밀착한 의미를 부여받은 듯했다.

이쯤이면 짐작하겠지만 이 책은 독자들에게 모범적인 삶이나 정형화된 산책길을 권장하는 것을 목적으로 삼지 않는다. 단 몇 시간의 독서나 여행만으로 어떤 사람 또는 장소의 정수를 발견하는 일은 도저히 가능하지 않을뿐더러 정수를 발견한 척하는 일 역시 정직하지 않기 때문이다. 다만 자신이 머물고 있는 곳을 벗어나 낯선 어딘가를 걸어볼 것을 권하고 싶다. 낯선 길을 걷는 일을 두려워하지 않게 될 때, 그리고 그 길이 전에 겪어본 바 없이 급변할 때라야 비로소 우리는 세상을 달리 볼 수 있게 될 테니까. 그리하여 당신도 어느 곳에선가 새롭고도 생소한 것들을 발견하게 되기를 기대한다.

끝으로 내 삶의 방식을 인정해주고 늘 응원해주는 가족 김진태·권순희 님과 두해, 책을 함께 만든 대우·지희 선배와 민정 대장, 간명하면서도 예쁜 산책길 일러스트를 그려준 복선명 님, 화암사 산책길 사진 사용을 흔쾌히 허락해준 황진 선배, 그리고 이 책을 읽으며 잠시나마 '온다 씨'가 될 여러분들께 고마운 마음을 전한다.

2018년 3월

김준연

목
차

지친 당신을 품어줄 곳,
고성

제1부

남다른 삶을
꿈꾼다면,
양양으로

빵 굽는 매미지옥_김은성 대표

서핑슈트 만드는 에스클라제_박지안 대표

양양은 통일신라시대에 의상대사가 창건했다는 낙산사를 비롯해
미항으로 유명한 남애, 하조대와 같은 경승지, 진전사지 삼층석탑 등의
관광지들로 유명하다. 그런데 최근에는 여행자들의 시선이
죽도와 그 주변으로 몰리고 있다.
죽도는 원래는 섬이었던 것이 모래의 퇴적에 의해 육지와 연결된 곳이다.
그 북쪽과 남쪽에는 각각 죽도해수욕장과 인구해수욕장이 있는데,
이 일대가 최근 몇 년 사이 서퍼들에게 각광 받는 장소다.
이곳은 힙스터들에게도 주목을 받고 있어서 해안을 따라 형성된 마을에
개성이 뚜렷한 사람이 모여들고 있다.

양양에서 만난 인터뷰이 두 명도 누가 보더라도 멋진 사람들이다.
설악해수욕장 안쪽에서 간판도 없이 몸을 숨기고 있는 게스트하우스
'매미지옥'을 운영하고 있는 김은성 씨는
양양이 너무 좋아서 이곳에 정착했다고 한다.
게스트하우스를 운영하는 일도, 빵을 만드는 일도 자기 내키는 대로 한다는
그에게는 취향이 비슷한 사람들을 찾거나 끌어들이는 힘이 있는 듯했다.

그가 꽁꽁 숨겨두었던 '동네 사람들만 아는 길'에는

어떤 풍경들이 우릴 기다리는지 확인해보자.

박지인 씨는 양양의 가장 '핫'한 곳에서 '쿨'하게 지내고 있다.

서핑을 하기 좋은 장소로서의 양양을 일찌감치 알아본 그는

죽도 옆의 인구해수욕장에 터를 잡았다.

그리고 서울과 양양을 오가며 생활하고 있다.

그가 찾아낸 생활과 취미 사이의 균형점이 무엇인지 들어보자.

박지인 씨는 서핑을 할 수 없는 날에 달리곤 한다는 길을 우리에게 소개한다.

크게 볼거리가 없다는 그 길을 따라 걸어보는 일이

그저 의미 없지만은 않을 것이다.

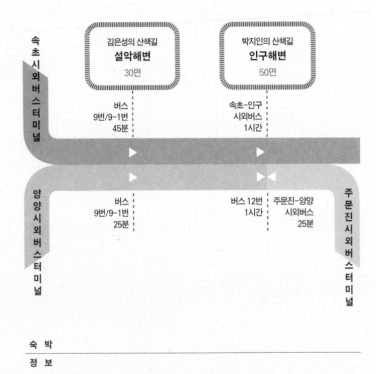

속
초
시
외
버
스
터
미
널

김은성의 산책길
설악해변
30면

박지인의 산책길
인구해변
50면

버스
9번/9-1번
45분

속초-인구
시외버스
1시간

양
양
시
외
버
스
터
미
널

주
문
진
시
외
버
스
터
미
널

버스
9번/9-1번
25분

버스 12번
1시간

주문진-양양
시외버스
25분

매미지옥

강원 양양군 강현면 뒷나루2길 20-1 ▶ www.instagram.com/maemiplanet

에스클라세

강원 양양군 현남면 인구길 56-3 ▶ www.sklasse.co.kr

작고 숨어 있고
여유로운 삶

매미지옥 게스트하우스
김은성 대표

속초의 까페 완벽한 날들에는 아주 맛있는 스콘을 판다.
누가 만드는 것이냐고 물어봤을 때 그곳의 대표는 내게 명함을 하나 보여줬다.
거기엔 '매미지옥'이란 이름이 적혀 있었다. 명함의 주인은 김은성.
그는 양양의 설악해변에 위치한 게스트하우스 겸 베이커리에서
묘한 매력으로 사람들을 끌어들이고 있었다.
그가 만든 지옥으로 들어가 보자.

양양이 너무 좋았어요

—

저는 충청남도 논산에서 자랐고 대전 둔산동에서 8년 정도 미용 일을 했어요. 호주에서 워킹홀리데이도 3년쯤 했죠. 런던에 가서 미용 공부를 하고 싶었는데, 그러려면 학비가 필요했거든요. 하지만 호주에 지내는 동안 느낀 건 제 영어 실력이랑 경제력으로는 런던에 갈 수 없다는 거였어요. 그래서 바로 한국으로 돌아왔어요. 서울에서도 지냈었는데, 도시 생활을 오래 하다 보니까 답답해지더라고요. 경쟁도 너무 심하다고 느꼈고요. 그래서 무작정 양양으로 왔어요. 어머니 고향이 양양이라서 어려서부터 이쪽에 자주 놀러 왔었거든요. 마침 어머니도 여기서 지내고 계셨고요. 처음에는 그냥 좀 쉬려고 했는데 여기에서 지내다 보니까 너무 좋아서 양양에서 뭘 하고 살 수 있을까 알아보기 시작했어요. 미용 말고도 할 수 있는 일이 무언가 있을 것 같았거든요.

미용 일을 오래 했지만 큰 미련이 남아있지는 않아요. 지금은 미용 일보다 다른 것이 더 좋아져서 그걸 하고 있는 중이고요. 쉬는 동안에 강릉을 오가며 빵 만드는 것을 배웠어요. 원래 빵을 좋아했거든요. 완벽한 날들에 납품하는 스콘도 그렇게 배워서 만들게 된 거예요. 빵 만드는 걸 오래 배웠냐고요? 3개월 배운 게 다예요. (웃음)

17

약속을 지키려고 만든 스콘

—

스콘은 한 번에 16개 분량이 나올 정도의 반죽을 만들어둬요. 납품은 많을 때는 1주일에 두 번, 적을 때는 1주일에 한 번 하고 있는데 사람들이 속초에 많이 놀러오는 때에 아무래도 조금 더 자주 납품하게 되더라고요. 납품을 시작한 지 몇 달 되지 않아서, 아직까지는 레시피를 조금씩 바꿔가며 이것저것 시도해보고 있어요.

원래 스콘은 절대로 안 만들려고 했어요. 한동안 스콘이 유행할 때에 근처의 서핑숍이나 까페에서 스콘을 만들어서 납품해 달라고 해도 싫다고 했죠. 남들 다 하는 것을 따라하는 걸 굉장히 싫어하는 성격이라서요. 그때에는 도넛을 주로 만들고 있었어요. 그런데 저희 게스트하우스에 오셨던 손님 한 분이 다음에 다시 왔을 때 스콘을 만들어놓으면 사 가겠다고 해서, 약속을 지키려고 스콘을 만들게 되었어요. 그런데 만들고 나서 직접 먹어 보니 꽤 맛있더라고요. (웃음) 그래서 자신을 가지고 납품하게 된 거죠. 이제는 만드는 빵 종류도 점점 늘려가려고 해요.

벌이만 따지자면 게스트하우스 운영 쪽이 빵 만드는 일보다 비중이 높은 게 사실이에요. 하지만 두 가지 모두 재미있게 하고 있어요. 그래서 게스트하우스에 묵었던 손님이 스콘을 사 가실 때가 가장 기뻐요.

제게 더 재미있게 느껴지는 일을 찾아서
지금은 그걸 하고 있는 중이에요.

지옥 같은 게스트하우스?

—

게스트하우스는 지난여름에 문을 열었어요. 이름은 매미지옥인데, 간판은 안 달았어요. 간판을 달아놓으면 괜한 사람들이 드나들며 구경할 것 같아서요. 매미지옥의 '매미'는 학교 다닐 때 붙은 별명이에요. 친구들에게 찰싹 달라붙어 다니다 보니 그런 별명이 붙었어요. (웃음) 호주에서 워킹홀리데이를 할 때에도 매미를 이름으로 썼어요. 한국어이면서도 외국인들이 기억하고 부르기에 좋은 단어잖아요. 그리고 '지옥'이란 단어엔 제가 하고 싶은 대로 게스트하우스를 운영하겠다는 의지가 조금쯤 담겨 있어요. 왜 게스트하우스라고 하면 안락하고, 평화롭고, 그런 걸 내세우잖아요? 그와 정반대 느낌의 이름을 게스트하우스에 붙여버린 거죠.

원래 창고로 쓰던 공간을 리모델링했어요. 창고를 개조해서 게스트하우스를 만들겠다고 하니까 어머니께서 해보라고 하시더라고요. 어머니는 제가 하고 싶은 일들을 맘대로 하게 내버려두시는 편이에요. 제가 직접 리모델링을 하느라 세 달이나 걸렸어요. 목공에 관심은 있었지만 어디서 따로 배운 건 아녜요. 요즘엔 블로그나 유튜브 같은 데에서 목공 일 하는 방법을 자세하게 소개하고 있더라고요. 취미처럼 시작했는데, 하다 보니까 공구를 사들이게 됐어요. 방은 4인 도미토리 하나, 2인실 하나 그렇게 두 개가 전부예요.

겨울에는 쉽니다

—

좀 더 거슬러 올라가보면, 원래는 게스트하우스를 하려던 생각도 없었어요. 그런데 빵 구울 공간이 필요해서 직접 만들고 나니까 자신감이 붙더라고요. 그래서 내친 김에 창고를 고쳐서 게스트하우스로 만들게 된 거예요. 그러다 보니까 난방 시설도 따로 안 만들었네요. 겨울에는요? 그냥 손님 안 받고 쉬려고요. (웃음)

게스트하우스를 운영할 때에는 아침마다 손님들께 드릴 식사를 준비해요. 제가 내키는 대로 빵을 만들어서 드려요. 손님들이 체크아웃하고 나면 청소를 시작하죠. 주로 재즈 음악을 틀어놓고요. 예전에는 일렉트릭 음악처럼 시끄러운 것을 좋아했는데 양양에 오니까 재즈가 좋아지더라고요. 저녁에는 바베큐를 하신다는 손님들을 위해 준비를 합니다. 그리고 스콘을 반죽해요. 밤 10시쯤에 반죽을 만들어서 냉장고에

넣어두었다가, 아침에 굽는 거죠.

매미지옥은 이 동네의 다른 게스트하우스들과 달리 조용한 분위기예요. 손님들도 그렇다는 걸 알고 찾아오시는 분들이라 점잖은 편이고요. 아무래도 서핑을 하고 나면 몸에 바닷물이나 모래 같은 것들이 묻어서 오잖아요? 저희 게스트하우스는 그런 걸 싫어하시는 손님들이 찾아오시게 만들었어요. 설악해수욕장에는 서핑하러 오는 사람들이 많은데, 그분들의 일행이지만 서핑은 안 하는 손님이 혼자서 저희 게스트하우스에 오시기도 해요. 예약은 인스타그램(@maemiplanet)이랑 에어비앤비로 받고 있어요. 호주에 지낸 적이 있어서 외국인 손님이 오면 어느 정도 의사소통은 돼요.

언젠가 작은 찻집을 만들고 싶어요

—

제가 양양에 온 지는 이제 1년이 좀 넘었는데, 무척 만족하고 있어요. 새 친구들도 꽤 생겼거든요. 그중 첫 번째 친구가 완벽한 날들 최윤복 대표였어요. 완벽한 날들은 속초시외버스터미널 옆에 있는 '지느러미'라는 곳에 찾아가려다 골목을 잘못 접어든 덕분에 발견했어요. 정식으로 오픈하기 전이었는데 분위기가 좋더라고요. 언젠가 그 근처에 손님들이 빵도 먹고 차도 마실 수 있는 공간도 마련하고 싶어요. 완벽한 날들 대표, 지느러미 사장님처럼 생각이 비슷한 사람들끼리 모여서 그 골목을 명소로 만드는 거죠. 되도록이면 작고 숨어 있는 공간으로 자리를 구하고 싶어요. 정말로 그런 공간을 좋아하는 사람만 찾아올 수 있게요.

아침마다 네스프레소 머신으로 커피를 내려서 어머니와 마시곤 해요. 그래서 네스프레소 머신으로 만든 커피를 내놓는 가게를 만들어볼까도 했어요. 전주에는 실제로 그런 까페가 있다고 하더라고요. 하지만 저는 기본적으로 아날로그적인 것을 좋아하는 사람인 모양이라서, 언젠가 서울에 가서 커피 내리는 법을 배우려고 해요. 그리고 정말로 까페를 차리게 된다면 핸드드립으로 천천히 내리는 커피를 내놓을 거예요. 시간이 더 걸리더라도요. 마음이 여유로운 사람만 저희 까페에 찾아온다면 좋겠어요.

제가 소개할 산책길은
동네 사람들만 아는 길이에요.
원래는 게스트하우스 손님들께
대충만 알려드려서 어떤 분은 찾고
어떤 분은 못 찾기도 하는 길인데
책에 소개하게 됐네요. (웃음)

맴스콘을 만드는
양양의 힙스터

서울시 마포구가 아닌 강원도 양양군에서 만난 김은성 씨는 '좋은 힙스터'였다. 그를 힙스터로 정의하면서 그 앞에 굳이 '좋은'이라는 말을 덧붙인 것은, '가장 전위적이고 힙한 것만을 찾는 과시적인 문화소비의 주체'라 조롱받던 힙스터들로부터 그를 구분하기 위해서이다. 물론 미용 일을 하며 세련된 취향을 연마하고 호주에서 머무는 동안 더 좋은 안목을 갖추게 된 그 역시 여느 힙스터들처럼 다양한 하위문화를 소비하고 있다. 하지만 나는 김은성 씨에게서 힙스터의 진화한 모습을 본다.

흔히들 홍대를 중심으로 일어난 젠트리피케이션(어떤 지역의 자산가치가 급격히 치솟아 고소득자가 유입되고 원주민을 밀어내는 현상)의 주범을 힙스터들로 보고 있고, 그들이 홍대 인근을 모두 소비한 뒤 또 다른 공간들을 다시금 소비하여 그곳에서도 젠트리피케이션이 일어나게 될 것이라 내다보기도 한다. 하지만 적어도 김은성 씨는 이 무리에 속하지 않는 힙스터다. 소비에서 그치지 않기 때문이다. 그는 자신이 좋아하는 일을 하기 위해 양양에 정착했다. 그리고 자신이 발견한 좋은 것들을 사람들에게 제공하는 생산적인 힙스터의 모습을 보여준다.

그가 지금 즐기고 있는 '좋은 것'은 스콘 만들기다. 빵이 좋아서 만들기 시작했다는 스콘은 사람들에게 '맴스콘'이란 애칭으로 불린다. 이 스콘은 적어도 속초와 양양의 몇몇 곳에서는, 먼 곳에서 대량생산되던 것을 대체하기 시작했다. 그가 살고 있는 지역에서 작으나마 변화를 일으키고 있는 것이다. 지금 그는 새로운 문화공간을 꿈꾸고 있다. 생각이 비슷한 사람들과 모여, 비슷한 취향의 사람들이 숨어드는 까페를 만들겠다는 것. 작고 숨은 공간이면 좋겠다는 그곳이 정말로 만들어진다면, 그 공간이 급격하지 않게 소비되길 기원한다.

누군가 시골에서의 힙스터 생활이란 가능한 것인가 하고 묻는다면 나는 이제 그렇다고 대답할 수 있다. 양양에 '좋은 힙스터' 김은성 씨가 있다는 것을 알기 때문이다. 물론 그는 자신이 힙스터가 아니라고 손사레를 치겠지만.

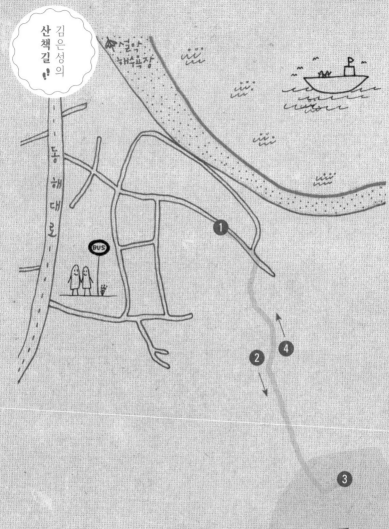

김은성의
산책길 !

설악
해수욕장

동해대로

BUS

낙산사

"제가 소개하는 산책길은 길목 찾는 것만 빼면 아주 쉬워요. 해
변쪽으로 난 길을 따라 남쪽으로 걷다가 옆의 표지판을 찾으면
되죠."

"2005년에 낙산사에 큰 불이 났을 때엔 마을까지 위험했을 정도였대요. 그때 탄 나무의 그루터기가 지금까지도 남아 있고, 소나무들도 어려요."

"길의 오르막에서는 설악산을 멀리서 볼 수 있어요. 저는 걷고 땀 흘리는 것을 좋아하는 편이라서, 게스트하우스를 운영하기 전엔 산에 자주 가곤 했죠. 갈림길을 만나면 제가 가리키는 쪽으로 가면 돼요. 여기서 더 걸을지 판단하는 건 여러분의 몫으로 남겨둘게요."

"내려올 때에는 설악해수욕장과 바다를 내려다볼 수 있어요. 산책 코스가 짧아서 아쉽다면 북쪽을 향해 정암해수욕장까지 걸어보세요. 저도 즐겨 걷는 예쁜 길이랍니다."

강 현 면 은   어 떤 곳 ?

강현면은 북쪽으로는 속초, 남쪽으로는 양양읍과 서면과 접해 있으며 그 동쪽에는 동해가 있다. 신선이 내려왔다는 강선정이 있던 강선면과 '모래고개'를 뜻하는 사현면을 1914년에 통합하며 강현면이 되었다. 해방 이후 북한에 속해 있었지만 6·25가 끝난 뒤에 수복되었다.

면의 서부는 설악산국립공원의 일부를 차지하고 있는데, 여기에 있는 진전사지의 삼층석탑이 국보로 지정되어 있다. 조선시대에 폐사된 것으로 짐작되는 절터에 2005년에 새로이 진전사를 복원했고, 2009년에 전통사찰로 지정되었다.

진전사가 복원되던 해에 낙산사에는 큰 불이 났다. 낙산사는 신라 문무왕 때 의상대사가 창건했다고 한다. 그 이후 고려시대의 몽골 침입, 임진왜란과 병자호란, 한국전쟁 등으로 허물어지고 폐허가 되는 등 유난히 변고를 많이 치렀다. 경내에는 2005년 화재로 녹아버린 동종이 전시되어 있다. 하지만 동해를 바라보고 선 낙산사의 아름다움은 여전해서 해마다 많은 사람들이 복원된 절을 찾고 있다.

낙산사 바로 아래의 낙산해수욕장을 비롯해 설악해수욕장, 정암해수욕장, 물치해수욕장 등이 여름마다 피서객들을 불러모으고 있으며, 규모는 작지만 곤충생태관도 강현면에 자리 잡고 있다.

솔다리수제버거

강원 양양군 양양읍 동해대로 3246

한우로 패티를 만드는 햄버거 가게. 재료를 아끼지 않아 정직한 맛이 느껴진다. 김은성 씨의 말에 따르면 '사장님 내킬 때에 문을 여는 느낌'이라고. 게다가 재료가 소진되면 맛볼 수 없으니, 문을 열었다면 꼭 찾아가 보자.

범바우막국수

강원 양양군 강현면 동해대로 3277-22

양양군 10대 맛집에 선정되었다며 추천한 식당. 육수에는 MBC 다큐멘터리 '약초와의 전쟁'에서 4대 약초로 소개된 꾸지뽕 진액을 넣었다고 한다. 10대 맛집이니 MBC 다큐멘터리 4대 약초니 하는 수식이 오히려 의심스러울지도 모르겠지만, 맛은 정말 좋다고. 수육이나 모두부도 막국수와 함께 먹기에 부담 없다.

SHIRIMP BOX (쉬림프 박스)

강원 양양군 강현면 동해대로 3584 물치항 입구 | 인스타그램 @shirimp_box_donghae

무척 먹음직스러운 새우를 '레몬갈릭'과 '스파이시'로 구분해 판다. 해변으로 곧장 들고 가 바다를 바라보며 먹는 맛이 일품이다. 지금은 속초 도자기별(속초시 수복로 109-1)과 물치항에서 번갈아가며 오픈하니 인스타그램을 꼭 미리 확인할 것.

별 볼 일 없는 길을 달린다

에스클라세

박지인 대표

늘 새로운 것을 좋는 것이 천성이라는 박지인 씨.
그는 언제나처럼 '블루 오션'을 좇는 길 위에서 양양의 푸른 바다를 다시금 발견했다.
서퍼로서의 정체성을 자랑스럽게 여기는 그에게 양양 바다는
어떤 의미를 가지고 있을까?

하와이는 멀어서

—

저는 남들 안 하는 일들이 재미있더라고요. 다른 사람들이 너나할 것 없이 보는 영화나 책도 잘 안 보는 편입니다. 평범한 게 싫어서요. 제대로 된 직장을 잡고 일을 시작했을 무렵, 아직 사람들에게 알려지지 않은 스포츠를 찾다가 서핑을 알게 됐어요. 10여 년 전이었죠. 직장생활만큼이나 취미생활도 중요하다고 생각해서 서핑을 배우기로 했습니다.

아주 소수의 국내 1세대 서퍼들이 제주도나 부산에서 서핑을 하고 있었지만, 그때만 해도 아직 한국에 서핑을 할 만한 환경이 마련돼 있지 않았어요. 그래서 인터넷으로 알아보니까 서핑은 하와이에서 시작되었고 일본에서는 50여 년 전부터 하고 있었더라고요. 하와이에서 서핑을 배웠다면 좋았겠지만 가뜩이나 휴가도 짧은 직장인이 그러기 힘들다는 거 아시잖아요? (웃음)

그나마 쉽게 갈 수 있는 일본의 서핑숍을 찾아 메일을 보냈어요. 나는 한국인이고 일본어를 할 수 있는데 서핑을 배울 수 있을까, 하고요. 외국인은 처음이지만 오겠다면 말릴 이유가 없다는 답장을 받고 일본에 갔지요. 서울에서 버스를 타고 부산에 가서, 다시 배를 타고 후쿠오카에 도착해 전철을 타고, 아무튼 힘들게 서핑숍에 도착했어요. 그렇게 해서 휴가를 낸 일주일 동안 처음으로 서핑을 배웠습니다.

서핑의 성지, 양양을 발견하다

—

돌아올 때에는 후쿠오카 서핑숍에서 산 서프보드를 짊어지고 있었죠. 부산까지는 배를 타고 와서 문제가 없었는데, 기차와 지하철을 타는 게 문제였어요. 코레일에 전화해서 서프보드라고 하는(그 당시만 해도 사람들이 서핑을 잘 몰랐어요) 2미터가 넘는 물건을 기차에 싣는 게 가능하냐고 문의했더니 전화 받는 분도 잘 모르겠다고, 알아서 실으라더군요. 그래서 그렇게 했습니다. (웃음) 서울에서 다시 지하철을 탔는데, 교육을 받느라 시커멓게 탄 사람이 커다란 물건을 들고 들어서니 사람들이 부랑자를 본 듯 놀라더라고요.

그렇게 서핑의 재미를 알게 됐지만 서울에서 제주도나 부산에 매주 오가기는 힘들더라고요. 그래서 상대적으로 가까운 동해에 서핑을 할 만한 곳이 없을까 찾아보기 시작했죠. 신기하게도 같은 생각을 하는 사람들이 벌써 인터넷에 모여 있더군요. 처음엔 무작정 하조대 쪽으로 갔다가 그 근처에서 여러 조건을 고려해 찾아낸 곳이 이 마을이었어요. 서핑 동호회 사람들과 함께 양양을 '뚫은' 셈이죠.

양양에 터를 잡고 나서는 대회에도 나가고 그랬지만 썩 잘하는 편은 아네요. 서핑에 매진하는 친구들에게는 도저히 이길 수가 없겠더라고요. 누구나 어떤 일에 몰입하는 때가 있겠지만 서핑에 있어서 저는 그 시기를 이미 지나온 것 같아요. 이제는 그저 취미로서 즐기는 정도라고 하는 게 맞겠네요. 그러면서 사람들이 조금 더 쾌적하게 서핑을 즐길 수 있도록 돕는다는 느낌으로 서울과 양양을 오가고 있습니다.

손을 이렇게 하고 찍어도 될까요?
이게 제가 서퍼라는 걸 표시하거든요.

샤카사인(SHAKA SIGN) 마치 '전화해'라고 말할 때처럼 엄지와 새끼손가락을 펴고 나머지 세 손가락은 접은 손 모양. 서퍼들은 이것을 샤카사인이라고 부른다. 하와이에서 인사의 뜻으로 사용되던 것이 1960년대에 그곳을 찾은 서퍼들을 통해 세계로 퍼졌다.

박지인 씨의 가게에서는 서퍼들을 위한 맞춤 슈트를 제작해준다. 서핑을 하고 나서, 혹은 악천후(풍랑 경보 이상) 탓에 서핑을 하지 못할 때는 안마의자 마사지 서비스를 이용할 수 있다. 20분에 4000원. 서핑 트립 사이트도 운영하고 있다. 이름은 '텐더박'. 이 사이트에서 소개되는 것처럼 그는 매해 여름 인구해변에서 바를 열고 있기도 하다. www.tenderpark.com

생활과 취미 사이에서

—

이 일을 하기 전에는 IT 회사에 다녔어요. 거기에서 마음 맞는 사람들과 함께 나와서 창업을 하고 7, 8년 동안 새 회사를 함께 키워갔는데, 어느 순간부터 매너리즘에 빠진 듯하더군요. 그래서 회사를 떠난 게 3년 전쯤이에요. '인생 2막'으로 저만의 사업체를 꾸리기 전에 재충전을 위해 멕시코 칸쿤에 갔어요. 거기서 여행 사업을 하는 친구 일을 도와주며 스페인어도 배우고 서핑도 하고, 너무 좋았어요. 멕시코에서 돌아온 뒤에 창업을 결심했죠. 일찌감치 양양에 집을 구해놨으니까 거기를 사업장으로 사용하고 지원 사업에도 등록했고요.

하지만 이 서핑숍을 운영하는 것이 생업은 아네요. 생업으로 하자면 계속 양양에 머물면서 강습까지 해야 하거든요. 이 서핑숍에서 생기는 수익은 대부분 숍을 운영하는 데에 다시 쓰여요. 지금도 IT 기술 무역 일을 계속하고 있는데, 거기에서 벌어들이는 돈이 95% 정도 될 거예요. 서핑으로는 돈을 크게 벌기보다 '자아실현'을 위해 조금 이르게 투자한다는 느낌이고요. 여기에서 수익을 얻기 힘들다는 건 사업을 시작하기 전부터 짐작하고 있었어요.

그래서 여름처럼 바쁠 때도 서핑숍 일만 하지는 않아요. 서핑을 즐기러 오는 사람들을 상대하는 일이다보니, 여름 한 철 장사인 게 사실이잖아요. 아무리 바쁜 시즌이더라도 주말에만 내려와서 서핑숍을 운영하는 동시에 여가를 즐기려 노력합니다. 서울과 양양, 양쪽에 거점을 두고 생활의 균형을 찾아낸 거죠.

바다 사용료는 쓰레기 줍기

—

서퍼들은 생태에 관심이 많아요. 외국에서 서핑이 처음 시작되었을 무렵, 한적한 마을에 서퍼들이 들어와서 환경을 망쳐놓곤 했대요. 서퍼들이 갑자기 모여들어 함부로 버린 쓰레기가 그곳 주민들과 생물들에게 악영향을 끼치는 일이 반복됐던 거죠. 병뚜껑이나 작은 플라스틱 제품, 비닐조각 같은 것들은 바다생물들이 먹을 수도 있어서 문제가 더 심각했고요. 게다가 외국에서는 마약과 서퍼들이 관련된 일들 때문에 서퍼들에 대한 인식이 나빴다고 해요.

한국에서도 서퍼들이 늘어나면서 이런 문제가 점점 심해졌어요. 이 마을의 바다 모습은 결국 서퍼들의 문화의식 수준을 반영하고 있다고 생각해요. 폭죽놀이를 하고 남은 쓰레기나 담배꽁초 같은 것들을 함부로 버리고 가는 사람들이 없지 않은 게 사실이에요. 특히 옷차림으로 자신이 서퍼라는 걸 드러낸 사람들이 쓰레기를 버리거나 추태를 부리면 서핑 자체에 대한 인식이 안 좋아지겠죠.

이런 문제에 대한 책임을 누가 져야 하는지 고민한 결과 캠페인이 만들어졌어요. '#TAKE3FORTHESEA'라는 해시태그를 보신 적이 있을 거예요. 혼자서 이 해변의 쓰레기를 모두 줍는다는 건 불가능해요. 서핑숍을 운영하는 사람들도 기본적으로는 서핑을 즐기려는 사람이니 온종일 쓰레기만 줍고 있을 수는 없고요. 그러니 서핑을 하고 나서 각자 쓰레기 세 개를 줍자. 그래서 깨끗한 바다를 만드는 일에 동참하자. 이런 의미예요. 저는 '#바다사용료는쓰레기줍기'라고 쓰고 있어요.

산책요?
잘 안 하는데. (웃음) 바다에 파도가 얼
마나 치는지, 자전거를 타고 나가 확인하
는 것도 산책이랄 수 있을까요? 서퍼들은
오늘처럼 파도 하나 없는 바다를 '장판'
이라고 불러요. 서핑을 시작하고 나서는
그런 바다를 보면 눈부시게 아름답기만
하구나라는 기분이 들더라고요. 서핑을
할 수 없는 날에는 다른 가게의 친구들과
마을을 달리기도 해요. 한 2Km 되려나?
크게 볼거리가 있는 길은 아니고요.

서퍼의 눈에 비친
양양의 바다는

우리에게 익숙한 공간은 자신이 지닌 새롭고 특별한 모습을 우리에게 좀처럼 내보이지 않는다. 내가 8년째 살고 있는 서울 망원동은 최근 몇 년 사이에 그 모습이 빠르게 변하고 있지만, 정작 거기에 열광하는 사람들이 적어도 망원동에 살고 있는 이들은 아닌 듯한 것도 그런 이유 때문이리라. 이미 망원동에 익숙해 있는 사람들은 낯선 눈으로 동네를 바라보기 힘들다. 그저 너무 급격한 변모에 어리벙벙함을 느낄 뿐.

서울과 양양을 오가며 지내는 박지인 씨를 온전한 양양 사람이라 하기는 힘들다. 하지만 그는 타지 사람이기 때문에 '서핑을 즐기는 곳'으로서의 양양을 재발견해낼 수 있었다. 조업을 하기엔 더없이 좋을 잔잔한 바다가 그에게는 '장판'으로만 느껴진다고 하니, 바다를 대하는 자세부터가 토박이들과 전혀 다르다. 박지인 씨는 죽도 양 옆의 바다가 가질 수 있는 여러 이미지 중에서 자신이 중요하다고 생각하는 것을 선택한 셈이다.

그렇다고 해서 박지인 씨가 방문자의 입장에만 머무르는 것은 아니다. 관광객으로서 이곳을 찾는 이들은 어떤 전형을 보게 되길 기대한다. 그리고 그 전형을 확인하는 일을 모두 마쳤다고 생각할 때 이 공간을 떠난다. 하지만 박지인 씨에게 양양은 조업을 하는 이들과 마찬가지로 어디까지나 생활의 공간이다. 그래서 그는 양양 해변의 환경이 오염될까 걱정하고, 그곳이 늘 쾌적한 공간으로 남아 있게 하기 위해 애쓴다.

이런 이유로 박지인 씨의 양양은 그 누구의 양양과도 다른 공간이다. 산책을 하지 않는다고 말하지만 그가 달리곤 한다는 길의 여기저기에는 관광객들이 기대하는 전형에서 벗어난 무엇인가가 자리 잡고 있다. 어쩌면 거기에는 서울과 양양 두 곳에 거점을 두고 생활의 균형을 찾아낸 사람의 눈에 비친 어떤 마을의 모습이 담겨 있는 것일지도 모르겠다. '대단한 볼거리'가 없다는 이 길에서 박지인 씨만의 양양을 조금이나마 느껴보자.

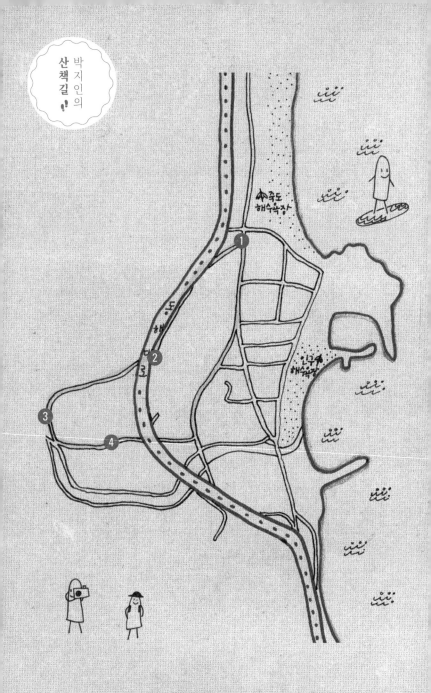

① 두창시변리 비석

산책길의 출발점에는 두창시변리의 비석이 있다. '두루 번창하는 시
원한 해변 마을'로 풀이해놓았는데, 두창시변리는 사실 법정지명인
두리, 창리, 시변리를 묶은 행정지명이다.

② 7번국도 아래의 굴다리

여행을 좋아하는 사람이라면 누구라도 추억 하나쯤은 간직하고 있을
7번국도 아래를 지나는 굴다리다. 해가 질 무렵이면 굴다리 안으로
스며드는 따뜻한 햇살을 느낄 수 있다.

산책길을 따라 걷다 해송천을 만나면 크게 U자를 그리며 바다 쪽으로 돌아 나올 준비를 해야 한다. 해송천은 현남면 상월천리에서 발원해 인구리 쪽의 동해로 흐르는 길이 5.8Km의 짧은 하천이다. 포매리의 백로 · 왜가리 번식지에 사는 새들이 여기까지 찾아와 양서류나 어류를 잡아먹는다. 하지만 백로와 왜가리의 수는 농약이나 화학약품, 생활하수로 서식지가 오염되고 새들의 배설물로 소나무가 고사함에 따라 점차 줄어들고 있다. 백로와 왜가리를 위해서라도 서퍼들의 쓰레기 줍기 캠페인에 동참해보는 것은 어떨까?

해송천로에는 현대화된 옛날 집들이 늘어서 있다. 벽과 기둥에 남아 있는 전통가옥의 흔적들을 살피며 걷다 보면 인구2리 마을회관이 나오고, 곧 소나무 두 그루가 보인다. 그런데 이 소나무들은 사실 두 그루가 아니라 세 그루다. 도로에서 논 방향으로 조금 더 들어간 쪽에 있는 소나무가 연리목인 것이다. 두 그루의 나무가 하나로 합쳐진 연리목은 흔히 남녀의 지극한 사랑에 비유되곤 한다. 연리목을 외로 돌면 아들을 낳고 바로 돌면 딸을 낳는다거나 부부가 싸운 뒤에 연리목 주위를 돌면 바로 화해한다는 이야기도 있다고 하니, 이런 바람이 있다면 산책길에 들러봐도 좋겠다.

현 남 면 은   어 떤 곳 ?

현남면은 양양의 다섯 개 면 중의 하나로 해안의 가장 남쪽에 위치한다. 서퍼들이 모이는 죽도해수욕장과 인구해수욕장은 각각 두창시변리와 인구리에 속해 있고, 인구해수욕장 남쪽에는 동해의 비경 중 하나인 휴휴암이 있다. 휴휴암에는 파도의 침식작용으로 마치 부처가 누워 있는 듯한 형상을 갖게 된 바위가 있다. 거북 모양의 바위가 부처에게 절을 하는 형상도 있다고 하니 함께 찾아보자.

남쪽으로 더 가면 영화 〈고래사냥〉의 촬영지로 유명한 남애항이 있고, 휴휴암과 남애항 사이에 있는 포매리에는 백로와 왜가리 번식지가 있어 천연기념물 229호로 지정되어 있다. 이곳에는 70~150년

정도 된 20~25m 높이의 소나무 약 500그루가 숲을 이루고 있어서 그곳에 백로와 왜가리가 둥지를 틀고 있다. 동해안 최대의 백로·왜가리 번식지라고 하니, 탐조에 관심이 있다면 들러봐도 좋겠다.

조규승 가옥과 김택준 가옥 같은 전통 가옥들이 문화재자료와 유형문화재로 지정되어 있어 이 고장의 유서 깊음을 보여준다.

매년 10월에는 죽도해변 일원에서 3일간 〈양양서핑페스티벌〉이 열린다. 2004년부터 국제 규모로 개최되는 이 행사는 토너먼트 방식으로 경기를 진행하기도 하지만, 서핑을 즐기는 사람이라면 누구나 참여할 수 있도록 축제에 초점을 두고 있다.

하이타이드

강원 양양군 현남면 인구중앙길 49

똠얌꿍과 팟타이, 그린커리 등을 파는 태국 음식점이다. 바질돼지고기덮밥에 곁들여 나오는 오믈렛이 일품이다. 게스트하우스도 같이 운영하고 있다.

서프독

강원 양양군 현남면 인구중앙길 79

서핑을 하고 나서 출출해진 배를 채워줄 핫도그를 파는 곳. 이곳에 가면 의자 위에 점잖게 앉아 있는 슈나우저 누리를 만날 수 있다.

파머스 키친

강원 양양군 현남면 인구중앙길 95

오리지널버거,하와이안버거,더블치즈버거 등의 직접 만든 햄버거를 내놓는다.

기막힌닭

강원 양양군 현남면 인구항길 11

가정집을 개조한 곳에서 온갖 닭 요리를 파는 가게.

나뽕남

강원 양양군 현남면 새나루길 9-8

짬뽕 하나로 현남면을 주름잡고 있는 가게. 파도가 좋으면 문을 닫고 서핑을 즐기러 간다고 하니 전화로 확인하고 찾아갈 것.

제2부

두 개의 호수,
두 모습의 속초

북스데이 완벽한 날들_최윤복

속초환경운동연합_김안나

칠성조선소_백은정·최윤성

속초를 관광도시로 이름나게 만든 것은 아무래도 설악산이겠다.

어디에서나 설악산을 바라볼 수 있고

동해를 조망하기에도 좋은 이 도시에는

청룡과 황룡의 전설이 깃든 두 개의 호수가 있다.

바로 영랑호와 청초호다.

그중 청초호에는 어촌으로 시작해 발달해온 속초의 역사가

고스란히 담겨 있다.

예전에는 빼어난 경관을 자랑하던 청초호는

일제 강점기에 항구로 개발되며 그 모습을 잃기 시작했다.

하지만 속초는 이때부터 발전하기 시작해

인구가 점점 늘다 시로 승격되기에 이른다.

속초에서 만난 세 명의 인터뷰이는 모두 이 고장의 토박이거나

어려서 이곳에서 자란 사람들로서 속초의 변모를 몸소 느꼈다.

아버지를 따라와 속초에 살기 시작해 고등학교까지 다녔다는

최윤복 씨는 다시 이곳으로 돌아와 까페를 겸한 북스테이를 열었다.

더 늦기 전에 해보고 싶었던 일을 하기로 결심했다는

최윤복 씨가 운영하는 이 공간은 그의 모습을 꼭 닮았다.

그가 북스테이를 찾는 손님들에게 소개하곤 한다는 산책길은

관광지로서의 속초의 모습을 확인하기에 적절하다.

속초에서 나고 자란 김안나 씨는

이 고장의 본모습을 지키기 위해 애쓰고 있다.

어려서부터 사랑해온 공간들이 함부로 개발되는 것을

지켜보고 있을 수밖에 없었던 그는 어느새 환경을 지키는 일의

한가운데에 서게 되었다. 하지만 인터뷰를 하면서

산책자로서의 김안나 씨를 새로 발견할 수 있었다.

그가 소개하는 청초호 주위의 멋진 곳들을 따라 걸어보자.

백은정 씨와 최윤성 씨는 원산이 고향이었던 할아버지가 만든 조선소를

새롭게 변화시켜갈 청사진을 만들고 있다.

운명에 이끌리듯 배를 만들게 된 그들이 들려주는 조선소의 내력에는

어딘지 신화적인 구석이 있어서 흥미를 끈다.

수상 레저를 즐기기 위한 자원이 풍부한 속초를 소개하기 위해,

그들은 영랑호 주위의 산책길을 추천한다.

그들의 조언에 따라 자전거를 타고 그 둘레를 돌아보는 것도

즐거운 경험이 될 것이다.

가 는 법

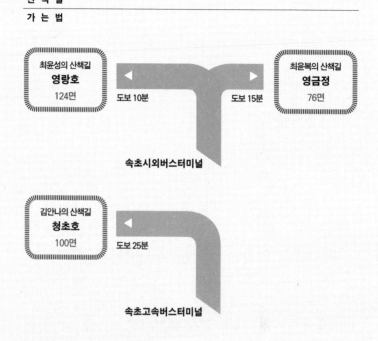

최윤성의 산책길
영랑호
124면

도보 10분

최윤복의 산책길
영금정
76면

도보 15분

속초시외버스터미널

김안나의 산책길
청초호
100면

도보 25분

속초고속버스터미널

숙 박

정 보

완벽한 날들
강원 속초시 수복로259번길 7 ▶ blog.naver.com/perfectdays_sokcho

인소게스트하우스
강원 속초시 선사로1길 30-4 ▶ innso.modoo.at

에이플레이스
강원 속초시 청호해안길 31 ▶ www.aplace.co.kr

스테이 오롯이
강원 속초시 관광로 408번길 42 ▶ stayorosy.com

낯선 골목에 만든 꿈의 공간

북스테이 완벽한 날들
최 윤 복 대 표

최운복 씨의 첫인상은 따뜻하다고 말하기 힘들었다.
하지만 인터뷰를 정리하면서 얻은 결론은,
그의 첫인상을 판단한 근거 자체가 올바르지 않다는 사실이었다.
속초 시외버스터미널 바로 옆에서
북스테이 '완벽한 날들'을 꾸려가고 있는 그를 만나보자.

북스테이를 차리기 전에는

—

부모님 직장생활 때문에 어릴 적에는 경기도에서 살았어요. 속초에서 지내게 된 건 제가 유치원에 들어갈 때쯤부터였죠. 할아버지께서 하시던 일을 아버지가 물려받게 되었거든요. 저는 여기에서 고등학교를 졸업하고 서울로 대학을 갔고요. 대학교 졸업을 1년 앞두고 있을 때 비정부기구 활동에 관심을 갖게 되었어요. 학교에 마침 NGO대학원이 있어서 취직 대신 대학원을 택했습니다. 공부를 하면서 시민단체 분들을 많이 만났고 여러 활동들을 접할 수 있었어요. 그 2년간의 경험이 지금의 인생을 사는 데 큰 작용을 한 것 같아요. 석사 수료 후에는 아시아인권문화연대에서 4년 정도 일했고요.

아내는 YMCA 활동을 열심히 하던 친구였어요. 대학교에 다닐 때 YMCA에서 주최한 행사에서 봉사활동을 하며 만나게 됐습니다. 적지 않은 시간 동안 사귀었고, 아시아인권문화연대에서 일하던 당시에 결혼했죠. 아내는 친정에서 가까운 구리 YMCA에서 일을 했는데 저와 결혼하면서 부천에 있는 청소년단체로 자리를 옮겼고요. 속초로 내려온 지는 이제 4년쯤 되어가네요.

낯선 골목에 자리를 잡다

—

석사 과정 수료가 한 학기 남았을 때 학교 앞에 가게를 내고 싶었어요. 그 당시에 길담서원이나 레드북스 같은 작은 책방이 생기기 시작했거든요. 마침 학교 앞의 주사랑이라는 가게가 문을 닫아서 그 자리에 책방을 겸한 문화공간을 만들려고 했죠. 전세금을 빼서 권리금을 마련하려고 했지만 결국은 부모님의 반대로 가게를 열지 못했습니다.(그런데 신기하게도, 지금 그 자리에 제가 생각한 모습의 공간이 생겼더라고요.)

결혼한 뒤에 아내와 상의해서 "더 늦기 전에 하고 싶은 것을 해보자" 하고 결정했습니다. 춘천에 아주 작은 기타 학원을 차린 친구를 보고 용기를 얻기도 했고요. 마음을 먹고 다섯 달이 지나서야 지금 이 자리를 마련하고 꾸미기 시작했어요. 그 사이에는 전국 각지의 서점을 답사하며 돌아다녔고요.

최근에 속초 부동산 시장이 갑자기 들썩이는 바람에 마땅한 공간을 찾기 어려웠어요. 사실 이 골목도 속초에서 학창시절을 보낼 때는 한 번도 들어와 본 적이 없던 곳이에요. 눈에 잘 띄지 않는 곳이잖아요? 전에 건재상이었다며 부동산에서 소개해준 자리가 여긴데, 빚을 좀 내면 제가 꿈꾸던 공간을 만들 수 있겠다 싶었습니다.

아내와 함께 결심했어요.
더 늦기 전에 하고 싶은 것을 해보자고요.

북스테이 북스테이는 책과 숙박을 연계한 방식으로 운영되는 공간을 뜻한다. 책을 좋아하는 사람들이 편안히 머물면서 책에 좀 더 집중할 수 있게 꾸며놓았다. 속초의 '완벽한 날들'이나 통영의 '봄날의 책방'처럼 소박한 규모로 운영하는 곳이 대부분이지만, 파주의 '지지향'처럼 큰 곳도 있다. 하지만 방에 텔레비전을 두지 않는다는 데에서 공통점을 찾을 수 있다.

지금도 만들고 있는 완벽한 날들

—

처음부터 어떤 공간으로 만들지 모습을 확실히 그려놓고 자리를 찾지는 않았어요. 조용한 곳에 자리가 난다면 작가 레지던스로 꾸려볼까 생각도 했고, 아파트 단지에 자리를 잡게 된다면 아이들을 상대로 그림책 전문서점을 만들까도 생각했습니다. 시외버스터미널 옆으로 위치가 정해지면서 가게의 성격도 정해진 거예요. 처음에는 속초 분들과 함께 인문학 서적을 읽는 모임을 만드는 걸 고려했어요. 그래서 지금도 한 달에 두 번 꼴로 책을 함께 읽는 모임을 운영하고 있고요. 그런데 터미널 옆이라 여행객들이 저희 서점에 드나든다는 걸 알고부터는 그분들이 보기에 좋은 책들을 들여놨어요.

언젠가 낮은산 출판사 대표님이 다녀가셨거든요. 그때엔 가게 들어와서 왼편에 있는 책장에 인문 서적들을 꽂아놨었는데, 대표님이 그걸 보고 "이런 책 살 사람들은 벌써 집에 다들 가지고 있을 걸요?" 하시더군요. 그래서 여행자들이 사기 좋은 책들을 들여놓기로 마음먹었죠. 요즘 나온 인문 서적을 비롯해서 가벼운 에세이나 그림책 같은 것들요. 어른들이 볼 수 있을 만한 그림책도 많더라고요. 하지만 아직까지도 책방의 정체성을 정하지 못한 게 사실이에요. 어떤 모습으로 만들어갈지 계속 고민하고 있습니다.

네트워크가 살 길이다

—

경영부터 시작해서 커피 내리는 법, 포스기 사용하는 방법 등 아는 게 하나도 없어서 급하게 배웠어요. 그래서 가게를 연 지 얼마 안 됐을 때는 손님들이 커피가 차다거나 까페라떼에 거품이 너무 많다고 불평하곤 했죠. 그때 손님을 많이 잃지 않았을까 싶네요. (웃음) 그런데 손님들이 찾아가고 싶은 까페를 고를 때 우선순위가 있을 거예요. 커피의 맛이나 주위의 경치, 주차공간, 인테리어, 소파의 편안함 같은 식으로요. 그런 걸 따져보면 우리 가게가 가진 장점은 적을 것 같아요. 이 공간에서 커피는 사실 계륵 같은 존재죠.

이 공간은 책을 사러 오시는 분들과 인연이 더 깊습니다. 그래서 저자 초청이나 음악 공연 같은 행사를 많이 기획하고 있어요. 속초는 면적이나 인구가 강릉의 3분의 1 정도라고 생각하시면 편해요. 대학이나 회사도 적고, 젊은이도 적죠. 그건 고객층이 얇다는 뜻입니다. 게다가 배우자가 군인인 분이나 선생님 정도를 빼면, 저녁에 시간을 낼 수 있는 사람도 적어요. 그래서 여러 모로 고객을 찾는 중입니다.

이곳에 가게를 내면서 걱정이 컸어요. 지금은 속초가 뜬 상태라지만 그게 얼마나 갈까? 속초에 숙소가 우후죽순 격으로 생기고 있는데 우리 북스테이를 찾는 분이 많을까? 이곳에는 이미 동아서점, 문우당 같은 큰 서점들이 있는데? 요새 책을 사 보는 사람이 있긴 한가? 이런 고민의 결과, 모임이나 네트워크가 아니면 살아남기 힘들 거라고 생각했어요. 그래서 준비한 행사의 반응이 안 좋으면 걱정이 되곤 하죠.

여름의 상쾌한 저녁, 보리이삭에 찔리우며
풀밭을 밟고 오솔길을 가리라.
꿈꾸듯 내딛는 발걸음, 한 발자욱마다 신선함을 느끼고,
모자는 없이, 불어오는 바람에 머리카락을 날리는구나!
말도 하지 않으리, 생각도 하지 않으리. 그러나,
내 마음 깊은 곳으로부터 사랑만이 솟아오르네.
나는 어디든지 멀리 떠나가리라, 마치 방랑자처럼.
자연과 더불어 ― 여인을 데리고 가는 것처럼 가슴 벅차게
아르튀르 랭보, 「감각」

주인이 없는 게스트하우스

—

　서점 영업 시간이 곧 게스트하우스에 주인이 있는 시간입니다. 최근에 양양으로 이사했는데, 저희가 퇴근하고 나면 건물 안에 주인이 아예 없는 셈이에요. 어떻게 주인이 게스트하우스를 비울 수 있느냐고 주위에서 걱정들을 하더군요. 그래도 저희 부부는 과감하게 퇴근하기로 결심했습니다. 건재상을 하신 전 주인분이 2층에 사시느라 문을 따로 냈어요. 그래서 저희가 없더라도 손님들이 게스트하우스를 드나드는 데 문제가 없거든요. 문제가 생겼을 때는 대체로 전화로 해결하고요. 간혹 저희가 퇴근한 뒤에 손님이 오시는 경우도 있는데, 그럴 땐 열쇠 숨겨둔 곳을 말씀드려요. 손님이 묵는 동안 한 번도 못 만난 적도 있죠.

　손님을 상대한다는 게 생각보다 무척 힘든 일이더라고요. 제 경우엔 하루에 만날 수 있는 사람에 한계가 있는 듯해요. 열 명을 넘게 만나면 웃기도 힘들 정도예요. 한번은 서점 손님과 까페 손님이 겹쳐서 정신이 없을 때 숙박을 문의하는 전화가 왔는데 저도 모르게 좀 불친절하게 응대한 모양이에요. 그랬더니 전화하신 분이 심한 욕을 하시더라고요. 또 아주 가끔은 숙소를 일회용품처럼 사용해서 방을 난장판으로 만드는 사람도 있고요. 다른 손님들이 거실에서 너무 시끄럽게 떠든다며 제게 전화를 하신 분도 있었어요. 밖에 계신 분들도 지각이 있을 테니 직접 말씀드리면 알아들으실 텐데 말이죠. 이런 일들이 있을 때마다 어쩔 수 없이 마음을 상하게 되더군요. 하지만 그런 감정을 상쇄하는 분을 만나기도 해요. 그럴 때는 반성하기도 하고 위안을 얻기도 하죠.

산책길이라면
저희 게스트하우스에 묵는 분들께
추천하는 코스를 소개하고 싶어요.
속초 알짜배기 워킹 투어 코스랄까요?

웃지 않으면

왜 안 돼?

도대체 뭐가 저렇게 즐거운 걸까. 언젠가 전혀 우습지 않은 이야기를 하며 웃는 친구의 얼굴이 징그러운 가면 같다고 느꼈다. 그날로부터 한동안 고집 센 당나귀처럼 웃지 않으려고 했는데, 그 일이 크게 어렵지는 않았다. 여간해서는 웃지 않겠다는 원칙을 포기한 것은 낯선 언어를 쓰는 사람들 사이에서 여러 달 동안 여행해야 했던 무렵이다. 웃음이 여러 가지 귀찮은 일들을 조금 더 편하게 만들어준다는 것을 어쩔 수 없이 느끼고 있었기 때문이다. 하지만 웃지 않고 지낸 시간의 흔적이랄까, 지금까지도 내 입꼬리는 웃는 시늉을 할 때에도 아래로 처져 있다.

그러니까 내가 다시 웃기 시작한 건 편하기 위해서였다. 웃음이나 친절, 선한 태도는 우리를 여러 모로 편하게 만들어준다. 그리고 애매한 웃음으로 때울 수 있는 일들이 적지 않음을 아는 우리는 그것이 큰 비겁이라고 생각하지 않는다. 그러니 최윤복 씨의 이야기를 들으면서 '손님을 상대하는 사람이 어떻게 그럴 수 있을까' 하고 생각한 것은 어쩌면 당연한 일이었다. 하지만 그다음 순간 깨달았다. '아, 나는 자신의 비겁을 아주 오랫동안 잊고 살았구나' 하는 것을.

우리는 늘상 고객을 대해야만 하는 사람들의 친절에 익숙하다. 하지만 그 친절 속에는 사실 당신은 내 고객일 뿐입니다,라는 무언의 메시지가 담겨 있다. 그와 나 사이에 돈이라는 매개가 없다고 한다면 친절 역시 없을 터이다. 이는 곧 돈이라는 매개 탓에 사람과 사람 사이에 우열이 생긴다는 뜻이다. 우열이 없는 상태라면 우리는 잘 알지도 못하는 사람에게 함부로 웃음을 건네거나 친절을 베풀기 힘들 것이다. 또한 인간 대 인간으로서라면 우리는 함부로 타인의 친절을 기대해서도 안 된다. 만약 전혀 알지 못하는 사람이 우리에게 친절을 베푼다면 그의 태도를 기계적인 것으로 느끼거나 나를 진지하게 보고 있지 않다고 여겨 불쾌함을 느껴야 마땅하다. 최윤복 씨는 불편을 감수하고 불친절을 택했다. 그리고 그 불친절에는 기실 사람들을 진지하게 대하려는 그의 자세가 담겨 있다고 나는 생각한다.

막상 완벽한 날들을 취재의 본부처럼 드나들며 대화를 나눠보니, 그가 꽤 괜찮은 사람이라는 것을 금세 알게 되었다. 그리고 지금에 와서는 그는 무척 친절한데다가 심지 굳은 생각까지 갖춘 멋진 사람으로 내게 느껴진다. 그래서일까, 최윤복 씨가 소개하는 산책 코스는 뜻밖으로 친절한 구석이 있어 보인다. 그의 안내에 따라 속초 여기저기를 거닐어보자.

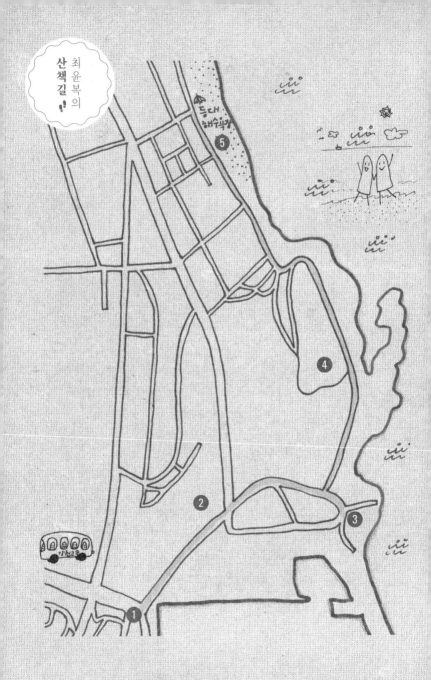

속초 시외버스터미널에서 속초항 쪽으로 조금만 가면 수복기념탑이 있다. 광복 후 북한의 통치를 받던 속초 지역을 1951년에 되찾은 것을 기념하고자 한국전쟁이 끝난 뒤인 1954년에 만들었지만, 탑에 새겨진 글귀에는 실향민의 한이 담겨 있다. 탑위에 세워진 동상도 고향을 그리워하며 북녘을 바라본다. 1983년 4월에 강풍으로 인해 파손되었다가 시민들의 성금으로 그해 11월에 복원하였다.

영금정에서 느껴지는 동해 파도의 위세가 호방하고 등대전
망대에서 보이는 속초의 풍경이 가파르다고 한다면, 동명동
성당에서 보게 되는 속초의 모습은 아늑하다. 도시와 바다
의 풍경을 두루 품고 있는 너그러움이 느껴지는 곳. 그런데
1953년에 건립되어 60년 넘게 원형을 지키고 있는 이 성당
앞에 고층 건물들이 들어서려 한다. 교인들은 지금 이에 맞
서 싸우고 있다.

본디 영금정은 정자의 이름이 아니다. 예전엔 속초등대 아래쪽 바닷가의 돌산이 정자 모양으로 되어 있었는데, 파도가 칠 때마다 마치 돌산이 거문고를 타듯 신비한 소리를 내서 영금정이라 불렀다 한다. 일제 말기에 여기에서 돌을 채취하여 속초항을 개발하는 데에 사용한 탓에 지금은 넓은 바위만이 남았다. 영금정 정자전망대와 영금정 해돋이정자는 지어진 지 오래되지 않았다. 여기에서 새들이 많이 찾아 이름 붙었던 조도를 멀리서 볼 수 있다.

영금정 바로 근처에 있어 일명 영금정등대라고도 불린다. 이 등대의 등댓불을 밝히는 등명기는 한국에 유일하게 남아 있는 '중추식 회전기' 형식이다. 다른 등대가 모터의 힘으로 등명기를 회전시키는 데 비해 속초등대는 중추의 무게로 등명기를 회전시킨다. 전망대에 올라서서 북쪽을 향하면 아름답게 펼쳐진 백사장의 모습을 볼 수 있다. 전망대는 여름에는 아침 6시부터 오후 5시 30분까지, 겨울에는 아침 7시부터 오후 4시 30분까지 개방한다. 입장은 무료.

등대해수욕장은 조도와 함께 속초8경 중 하나로 꼽히는 속초해수욕장에 비해 한적하다. 바로 옆의 도로를 따라 여행자들이 많이 찾는 포장마차거리가 형성되어 있다. 대도시에 비해 가게들이 일찍 문을 닫는 속초에서 늦은 시간까지 술잔을 기울이고 싶다면 여기를 찾으면 된다. 최윤복 씨는 도로 안쪽으로 들어가 속초의 예전 모습이 남아 있는 골목을 걸어보는 것도 좋다고 조언한다.

동 명 동 과 영 랑 동 은 어 떤 곳 ?

영랑동은 속초에서 가장 오래된 동네다. 조선시대에는 양양군 소천면 속초리였고 1942년에 속초면이 읍으로 승격될 때엔 속초리 1구였던 곳이 1966년에 동제를 실시하면서 영랑동으로 이름이 바뀌었다. 가장 오래된 동네였으니만큼 시장도 있었지만 중앙시장(속초관광수산시장)이 생긴 뒤 경제 중심지가 그쪽으로 바뀐 바람에 문을 닫았다고 한다.

영랑동의 가장 동쪽에 솟은 산봉우리는 예전에 성황당이 있던 곳이어서 성황봉이라고도 불리웠는데, 지금 등대전망대가 있는 자리다. 등대해수욕장을 따라 나 있는 영랑동 해안도로에는 포장마차거리가 길게 형성되어 있어 피서객이 몰리는 철에는 꽤나 북적인다.

영랑동이 속초리 1구였다면 속초리 2구였던 곳이 바로 동명동이다. 이 이름은 동해에서 떠오르는 햇빛이 밝아온다는 뜻으로 붙여졌다. 수복탑, 동명동 성당, 등대전망대, 영금정 등이 여기에 있다. 그중 영금정은 김정호의 대동여지도에 '비선대'라는 이름으로 표기되어 있기도 하다.

한편 속초항 국제여객터미널도 동명동에 위치해 러시아와 중국, 일본 등을 해상으로 이어준다. 시외버스터미널도 여기에 있어서 전국을 일일생활권으로 연결한다. 속초항과 동명항 가까이에는 활어센터, 건어물상, 노점상 등이 늘어서 있다.

보미네 국수

강원 속초시 수복로 259

완벽한 날들을 등지고 오른쪽으로 난 오르막길을 조금 걸으면 나오는 국수집. 값은 저렴하지만 맛은 저렴하지 않다. 일행이 있다면 두 그릇을 시켜 비빔국수의 매콤달콤함과 잔치국수의 깊은 맛을 모두 느껴보는 것도 좋겠다.

그리운 보리밥

강원 속초시 법대로 34

최윤복 씨가 손님들에게 곧잘 추천한다는 식당. 정겨운 느낌의 한상을 차려내 속초 현지인들에게도 인기가 높다.

동춘관

강원 속초시 장안로 26

완벽한 날들에 가까이 있어 최윤복 씨가 간단히 식사를 해결하곤 한다는 중국집. 버스 시간이 촉박하다면 저렴한 세트 메뉴로 배를 채울 수 있다.

봉포머구리집

강원 속초시 영랑해안길 223

속초의 유명한 물회집 가운데 하나. 갖가지 해산물이 만족스러운 느낌을 준다. 식사를 마친 뒤에는 같은 건물의 까페에서 바다를 바라보며 차를 마실 수도 있다.

황가네 찜

강원 속초시 영랑해안길 95

대기를 피하기 힘든 맛집. 가오리와 명태, 가자미, 도루묵, 갈치 등을 감자·무와 함께 쪄서 낸다.

산책자에게만 보이는 멋진 것들

속초환경운동연합

김안나 사무국장

김안나 씨는 속초에서 나고 자란 토박이다.
어촌이었던 속초의 모습이 변해가는 과정을 지켜봐 온 사람인 셈이다.
그렇기 때문에 지금 속초가 마구잡이로 개발되고 있는 현실은
그에게 더욱 안타깝게 느껴질 것이다.
속초의 옛 모습을 기억하고 지키려 하는 환경운동가 김안나 씨를 만나보자.

호수의 옛 모습을 기억하다

—

초등학생 때에는 금호동사무소 뒤쪽의 돌담집에 살았고 4학년 때 중앙초등학교 뒷동네로 이사했어요. 당시만 해도 개발이 본격화되지 않아서 집 옆이 논이었답니다. 겨울에는 꽁꽁 언 논에서 썰매를 타곤 했지요. 영랑호가 얼면 스케이트 대회가 열리기도 했고요. 그런데 지금은 논이었던 자리에 아파트가 들어섰어요.

지금 영랑호 옆에 있는 골프장과 콘도 자리가 산이랑 습지였던 것도 기억해요. 골프장 자리에는 산소들이 많았는데, 어른들은 영랑호에 있다는 귀신 풀이 "사람 잡아먹는다" 하고 겁을 주며 우리가 물놀이를 못 하게 했죠. 그때엔 호수에서 재첩이 나기도 했는데 생태가 파괴돼서 일까요, 이제는 없어요. 영랑호 주변은 제가 유년을 보낸 소중한 장소였어요. 그랬던 곳이 양어장으로 바뀌었다가 그 자리에 콘도가 들어서는 걸 지켜봐야만 했지요.

지금은 영랑호 초입의 단독주택에 살고 있어요. 근처에 보광사라는 절과 그 절을 둘러싼 소나무 숲이 있어서 겨울이면 눈 쌓인 풍경 보기를 즐겼죠. 그런데 몇 년 사이에 소나무 숲 자리에 또 고층 아파트가 들어섰어요. 제가 그동안 사랑했던 '나의 숲'을 빼앗긴 느낌이었습니다.

라디오 듣기를 좋아했어요

—

중학생일 적에는 라디오 듣기를 좋아했어요. 그래서 일찌감치 레코드가게에 드나들었죠. 처음 그곳에 찾아갔던 날을 기억해요. 친구와 둘이, 성당을 '땡땡이' 치고 라디오를 듣고 있었어요. 마루에 배를 깔고요. 김세원 씨가 진행하면서 주로 외국 음악을 소개하는 프로그램이었는데, 어떤 노래를 듣다가 친구와 동시에 벌떡 일어나 앉았어요. 세상에, 이런 음악도 있구나 싶었죠. 그때 들었던 노래가 〈You Mean Everything to Me〉였어요. 그 노래를 다시 들으려고 찾아가면서부터 레코드가게에 드나들게 됐지요.

고등학교를 졸업하고 그 가게에서 4년쯤 일하기도 했어요. 그런데 그 과정이 좀 재미있어요. 시간이 한참 지났으니까 얘기할 수 있지만, 저희 아버지께서 그 동네에서 입김이 좀 셌던 모양이에요. 국회의원 선거 때면 아버지께 힘 좀 써달라는 연락이 오곤 했으니까요. 제가 고3일 때에도 국회의원 선거가 있었어요. 후보 중 하나가 저를 시청 공무원으로 꽂아주겠다고, 저희 아버지께 은밀히 약속을 했다나 봐요(이건 나중에나 알게 된 사실이지만요). 그 말을 믿은 아버지가 저를 대학에 안 보냈어요. 다 알아봐둔 자리가 있다면서요. 그런데 아버지가 알아봐뒀던 자리에는 다른 분의 딸인 제 동창이 들어갔지 뭐예요. 저는 붕 떠버린 거죠. (웃음) 그래서 레코드가게에서 일하게 된 거예요. 공부는 나중에 방송통신대학교에서 마저 했지요.

지금은 음악과 멀어졌어요.
하지만 어떤 음악들을 들으면
특별한 추억이 떠오르기도 해요.

김안나 씨가 사랑하던 소나무 숲의 한 자락은 고층 아파트가 들어서면서 잘려나갔다. 그는 숲과 호수가 변해가는 과정을 지켜볼 수밖에 없었다.

환경운동연합에서의 10년

—

레코드가게에서 일할 때 "속초를 위해 이야기 나누실 분들 모십니다"라고 적힌 게시물이 전봇대에 붙어 있는 걸 봤어요. 주로 시나 문학 이야기를 나누는 모임이었죠. 그 모임에 세 번쯤 나가다가, 연락을 놓쳐서 빠진 다음부터는 참석을 못 했고요. 그 뒤로는 먹고사는 데에 파묻혀 지냈어요. 보험회사에서 17년 일하기도 했지요. 환경운동연합에 들어오기 직전에는 은퇴하신 신부님을 모시고 있었습니다. 그 신부님이 중국 칭다오로 떠난다고 하셨을 때, 마침 환경운동연합에 사람을 구하고 있었어요. 연합에서 새와 바다 사진을 찍던 분이 구인 소식을 알려줬지요. 그게 2008년이었네요.

환경운동연합에서 일하게 됐지만 그때만 해도 생태에는 무지했던 게 사실이에요. 생활 속에서 비닐봉투를 적게 쓰는 정도의 실천은 해왔지만요. 처음에는 익숙지 않은 일이라 어려움이 있었지만 어느새 생태운동을 한 지 10년이나 지났네요. 그동안 많은 일들이 있었어요. 설악산 케이블카 문제는 2010년부터 지금까지 계속되고 있어요. 영랑호와 청초호 보호 운동도 펼치고 있는데, 개발에 찬성하는 목소리도 만만치 않아요.

설악산 케이블카 문제는 2010년부터 지금까지 계속되고 있어요.
영랑호와 청초호 보호 운동도 펼치고 있는데,
개발에 찬성하는 목소리도 만만치 않아요.

새들의 하늘길을 지켜주세요

—

속초 지역의 환경운동은 1990년대에 청초호 매립을 막으려던 사람들로부터 시작되었다고 볼 수 있어요. 동해안에 18개 정도가 남아 있는 석호는 관광자원으로서의 힘이 있어요. 동해안 여행에서 빼놓을 수 없으니까요. 그런 이유 때문이라도 호수를 마구잡이로 개발해서는 안 된다고 봐요. 게다가 철새 도래지 옆에 고층 건물이 들어서는 것도 곤란하지요. 새로 들어설 건물로 인해 새들의 하늘길, 바람길이 막힐 수 있거든요. 게다가 처음에는 12층으로 인가가 났던 건물을 41층으로 변경하는 과정에도 행정적 문제가 있었고요. 청초호에 41층 호텔이 들어서는 것에 반대하는 투쟁에 많은 속초 시민들이 참여했어요. 이 지역에서 사회운동을 하는 엄경선 씨가 대표 격이었고요. 시민들이 작은 돈을 모아 소송비를 마련해줬어요. 그 결과 투쟁에서 이길 수 있었죠.

속초 인구가 8만 명쯤 되는데, 환경운동연합 회원이 380명 남짓이에요. 인구 규모로 보면 꽤 많은 사람이 회원으로 있는 셈이지요. 우리 연합에서 진행하는 철새 모니터링은 청초호 문제 같은 일에 대비하는 근거를 만드는 일이에요. 예를 들어 청초호에 더 이상 오지 않는다던 고니가 발견되었다면 그걸 언론에 제보해요. 그것이 청초호를 보호해야 할 하나의 이유가 되는 거죠. 보통은 사람들이 철새 하면 서해를 생각하곤 하는데, 이곳에 오는 새들의 개체 수는 많지 않아도 종류만 놓고 보면 서해 못지않아요.

속초 시민들이 지켜낸 청초호 청초호 유원지 주위에는 유원지 조성 계획에 따라 최대 5~7층의 저층 건물들만 들어서 있다. 청초호의 경관과 환경을 지켜내기 위한 것이었다. 그런데 이곳에 들어설 레지던스 호텔을 속초시가 도시관리계획 변경고시를 통해 41층으로 높일 수 있도록 했다. 속초 지역의 시민사회단체는 '청초호 41층 분양호텔 반대시민대책위'를 결성하여 반대운동에 나섰고, 결국 도시관리계획 변경안은 심의위원회에서 부결되었다.

속초의 본모습은 항구다

—

　요 근래 속초가 여행지나 사는 곳으로 주목받고 있는 듯해요. 하지만 이곳이 꿈같을 정도로 편안한 공간은 아녜요. 청초호 옆에 고층 호텔을 지으려고 하는가 하면 속초 지역에서 가장 오래된 석조 건축물 앞에 고층 아파트가 들어서는 것만 봐도 그렇죠. 속초 여기저기에 건축붐이 일고 있어요. 이곳에 사는 사람들로서는 속초가 점점 아름답지 못한 도시가 될 거라는 불안을 갖게 돼요. 그래서 속초 시민들은 '난개발 방지를 위한 조례 개정안'을 청구하기 위해 서명운동 등을 진행하고 있어요.

속초를 찾는 분들이
이곳의 본모습에도 관심을 가져준다면 좋겠어요.
속초는 원래 어항이기도 하지만
가까이에 설악산도 있거든요.
우리는 바다에 기대어 살고 설악에 기대어 살았어요.
청초호 둘레를 걸으며, 그런 다채로운 모습의 속초를
느껴보시라고 권하고 싶네요.

산책,
그 방심의 상태

성인이 된 뒤에는 유희열이나 신해철이 진행하는 심야 라디오 프로그램을 좋아했지만, 어렸을 때는 이름도 기억나지 않는 디제이들이 진행하는 방송을 듣곤 했다. 수업을 마치고 집에 돌아오면 어머니께서 틀어놓은 라디오에서 흘러나오는 소리가 빈 집을 채우고 있었다. 가방을 내려놓고 아무렇게나 누워서 천장을 바라보노라면 언제까지고 유쾌할 것만 같은 목소리들이 어떤 의미가 아닌 소리의 덩어리로 들려오곤 했다. 말하자면, 완전히 방심하여 세상이 계속 이대로 흘러갈 것만 같은 기분이었다. 그때의 아득한 기분과 차분한 공기는 어쩐지 지금에 와서는 잘 느껴지지 않는다.

산책에 라디오 듣기와 비슷한 구석이 있다면 이런 방심의 상태가 아닐까. 아무런 목적 없이 발길 가는 대로 걷노라면, 주위의 사물들은 방심한 이의 마음속으로 기체나 액체와 같이 자유롭게 흘러들었다가 빠져나간다. 발걸음이 느긋해지는 것은 물론이다. 그래서인지 산책길에서는 평소에 미처 보지 못했던 멋진 것들이 발견되곤 한다.

청초호에 가본 적이 있는 사람이라면 그곳을 꼭 가봐야 할 산책길로 꼽을 만한가 하고 고개를 갸웃거릴지도 모르겠다. 이미 개발이 많이 진행된 그곳에서 우리가 기대하는 호수의 정취를 느끼기가 어렵다는 사실을 알고 있기 때문일 것이다. 하지만 라디오에서 멋진 음악을 발견해내거나 거리의 전봇대에서 함께할 사람들을 찾을 줄 아는 사람인 김안나 씨는 청초호의 다른 모습을 발견한 듯하다.

속초 토박이인 그는 청초호에 속초 시민들의 삶이 고스란히 담겨 있다고 귀띔한다. 호수 북쪽의 부둣가는 속초의 원도심으로서 시민들의 삶을 이끌어왔다고 한다. 그리고 설악대교 아래의 옛 수협 자리는 속초가 본디 어촌이었다는 사실을 증언한다고 말한다. 또한 엑스포상징탑 아래의 조류 생태공원에는 이 호수를 지키려던 시민의 노력이 담겨 있다고 한다. 그러나 특별히 이 장소들을 확인하러 갈 필요는 없겠다. 느긋한 발걸음과 편안한 마음으로 청초호의 둘레를 걷다 보면 또 다른 멋진 것들이 우리에게 찾아올지도 모르니까.

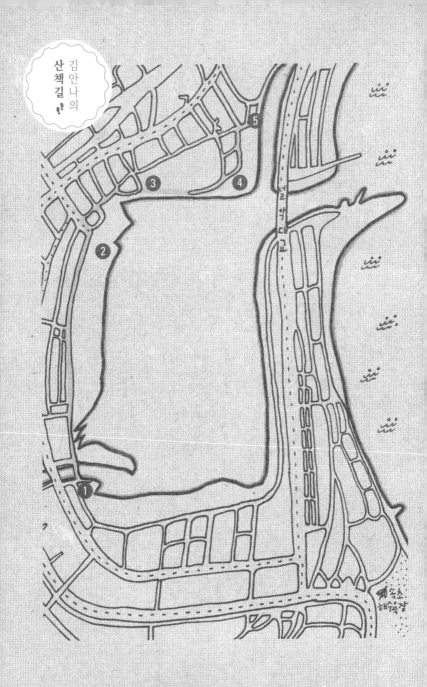

청초호의 갯벌 지역은 유원지를 만들고 국제관광 엑스포 부지를 조성하는 과정에서 상당 부분이 매립되었다. 그 탓으로 청초호를 찾는 철새의 수가 급감했다. 청초호 생태공원은 철새들이 서식할 만한 환경을 조성하고 생태계를 복원하기 위해 만들어졌다. 여기에 탐조대가 설치되어 있어서 철새를 관측할 수 있다. 그뿐만 아니라 공원 곳곳에 설치된 새집들도 생태호수로서의 청초호를 지켜내려는 속초 시민들의 노력을 보여준다.

석봉도자기미술관 앞에는 청초호 용의 전설을 형상화한 조형물이 설치되어 있다.
그 이야기는 이러하다. 옛날 청초호에 숫룡인 청룡이, 영랑호에는 암룡인 황룡이 살
고 있었다. 서로 사랑하던 이들은 하늘의 허락을 받고 승천할 수 있게 된다. 하지만
그들의 여의주를 탐낸 이무기가 황룡의 여의주를 훔치는 바람에 청룡만이 승천을 하
게 된다. 서로 떨어지게 된 두 용의 사연을 들은 주민들은 불을 피워 청초호의 밤을
밝히고 하늘길을 열어 청룡이 내려올 수 있게 돕는다. 그리하여 다시 만나게 된 두
용은 속초 지역의 수호신이 되었다고 한다. 조형물의 기단부에 호숫가에서 불을 밝
히는 사람들의 모습이 새겨져 있으니 눈여겨보자.

북쪽 호변에서는 청초호가 속초항의 내항으로 쓰이고 있음을 확인할 수 있다. 김안나 씨는 여기야말로 속초 주민 본연의 삶을 볼 수 있는 곳이라고 말한다. 호변을 벗어나 한 블록 안쪽으로 가면 맛집들이 늘어서 있으니, 구경을 마친 뒤 허기를 달래는 것도 좋다.

청초호 하구 쪽에 옛 수협 건물이 남아 있다. 2015년에 속초수협이 청호동으로 이전하면서 남겨진 곳이다. 건물이 노후하여 사고 위험이 있다는 이유로 철거가 검토되고 있지만, 근현대 속초의 성장과 발자취를 보여주는 문화자산으로서의 가치를 고려해 보존해야 한다는 의견도 만만치 않다. 건물 곳곳에 남겨진 '육천만의 절원'과 같은 시나 '당신도 적 잠수함을 잡을 수 있습니다'와 같은 표어는 마치 건물 철거를 두고 벌어지는 지금의 갈등을 예견한 듯 보이기도 한다.

산책 코스의 마지막은 아바이마을로 가는 갯배 선착장이다. 갯배를 타고 청호수로를 가로질러 약 40미터만 가면 아바이마을이다. 관광객이 몰리는 철이나 주말에는 갯배를 타려는 사람들이 줄을 서기도 한다. 그럴 때에는 금강대교나 설악대교를 통해 아바이마을로 가는 방법도 있다. 갯배 선착장 주위로 널리 알려진 생선구이 가게들이 즐비하다.

청 초 호 는   어 떤 곳 ?

청초호는 중앙동, 청학동, 교동, 조양동, 청호동 등에 둘러싸여 있다. 그중 여행자들에게 가장 인기가 높은 곳인 청호동은 '아바이마을'이라는 이름으로 우리에게 더 익숙하다. 청호동에는 본디 사람이 거의 살지 않았지만 한국전쟁으로 고향을 잃은 이들이 정착하면서 인구가 늘기 시작했다. 그중 함경도 출신이 많아 그곳의 사투리 '아바이'가 마을 이름이 되었다.

중앙동에는 속초관광수산시장이 자리 잡고 있어서 여행의 주요 코스가 된다. 시장 안의 온갖 군것질거리를 파는 상점들과 지하 횟집들이 여행자의 눈과 입을 즐겁게 한다. 아바이마을로 가는 갯배가 있는 곳도 중앙동이다. 애초에 시장을 중심으로 상권이 형성된 데다 속초시 중앙에 있어 이런 이름이 붙었다고 한다.

청학동은 청초호가 본래의 모습을 간직하고 있을 당시에 학들이 갈대밭에 쉬고 갔다 하여 붙여진 이름인데, 행정동으로는 교동에 포함되어 있다. 그리고 교동은 속초의 주요 학교가 많이 위치하고 있다 하여 붙인 이름이다. 조양동에는 택지개발로 이미 아파트들이 들어섰고 지금도 대단위 단지가 건설되는 중이다. 1999년에 열린 국제관광엑스포의 상징탑이 청초호에 바투 붙어 있고 부담스럽지 않은 산책길이 될 만한 선사유적지, 속초 시민들이 아끼는 청대산이 여기에 있다.

수복탑 뒤쪽 부둣가의 포장마차들

강원 속초시 동명동 속초해양경찰서 함정전용부두에서 수복탑공원 일대

철에 따라 동해에서 잡히는 해산물을 재료로 한 안주들을 파는 포장마차들. 속초 토박이인 김안나 씨가 손님을 모실 때에 여기서 회무침이나 골뱅이무침 등을 대접한다고 한다.

취미식당

강원 속초시 청초호반로 305

가자미 회무침에서 어쩐지 독특한 손맛이 느껴진다. 알고 보니 주방장께서 전라도 출신. 생선구이도 같이하고 있어 상이 다채롭다.

함흥냉면옥

강원 속초시 청초호반로 299

명태회무침을 얹은 함흥식 냉면을 합리적인 가격에 맛볼 수 있는 가게. 맛의 핵심인 명태회무침을 따로 판매하기도 한다.

복돼지두루치기

강원 속초시 청초호반로 247

취재 도중에 발견한 맛집. 비교적 저렴한 가격에 돼지두루치기와 돌솥밥을 맛볼 수 있다. 돌솥밥을 기다리는 동안 나오는 파래전이 별미.

서울칼국수

강원 속초시 중앙로108번길 49

30년 넘게 어머님께서 하시던 가게를 그 따님이 이어받았다는 대대손손 국숫집. 웹에서는 비빔칼국수를 추천하던데 칼국수 국물 맛 또한 일품이다.

배를 물에

띄우는 방법

칠성조선소
백은정·최윤성 대표

속초가 한창 발전하던 때에는 조선소들도 많았더랬다.
청초호 주위에만 해도 7~8개 있었던 조선소도 이제 몇 안 남았다.
목선이 강화플라스틱(FRP)선으로 대체되면서 속초의 조선업이 쇠퇴했기 때문이다.
하지만 칠성조선소는 처음 그곳을 만든 이의 손자 최윤성 씨와
그의 배우자 백은정 씨에 의해 명맥을 이어가고 있다.
그들이 계속하여 배를 만드는 이유를 들어보자.

만족스러운 강원도 생활

—

최윤성 저희 부부는 같은 학교에서 조소를 공부했어요. 친구로 시작해서 연애를 하고, 결혼까지 하게 됐죠. 저는 친구가 운영하던 술집의 매니저, 인테리어, 미술 작업, 밴드 등 이런저런 일들을 하며 방황했고, 아내는 일찌감치 유학을 갔고요. 저도 당시엔 연인이었던 아내가 보고 싶어 뒤따라가서 유학을 하게 됐죠. (웃음)

백은정 남편은 한국으로 치자면 강원도 같은 지역에서 공부했어요. 야생동물도 많이 살고 사람들 평균 연령도 높은. 결혼을 하고 그곳에서 함께 지냈는데, 동네가 워낙 조용하다 보니 고립된 느낌이었어요. 임신까지 하게 되자 더 힘들었고요. 그래서 한국으로 돌아오게 됐죠.

최윤성 귀국해서는 속초에 살다가 양양으로 이사했어요. 지금까지는 양양이 마음에 드는데 최근 들어 동네가 조금씩 시끄러워질 기미가 보이네요. 여기저기 아파트가 지어지고… 이런 추세가 계속되면 고성으로 이사하려고 해요. 여기 생활에는 무척 만족하고 있습니다. 저는 청년들이 도시를 떠나 소규모로 생산적인 일들을 많이 해야 한다고 생각해요.

칠성조선소가 된 원산조선소

—

이 조선소는 할아버지께서 처음 만드신 곳이에요. 1952년에 문을 열었다고 들었어요. 그때 이름은 원산조선소였대요. 할아버지 고향이 원산이었거든요. 할아버지는 일제강점기 때 원산에서 배를 만들었고 남만주에 끌려가서도 배 만드는 일을 했다고 해요. 한국전쟁 당시에 부산까지 피난을 갔다가 군인들과 함께 올라오면서 여기에 정착하셨대요. 1963년에 속초가 시로 승격했지만 그 당시에 여기는 속초읍이었겠죠. 할아버지와 같은 실향민들은 육지가 아닌 해안에 자리를 잡을 수밖에 없었대요. 그래서 자리 잡은 곳이 여기였어요. 그때쯤 남쪽 바다에 있던 사람들이 속초에 오면 배 일이 많다는 이야길 듣고 몰려왔다고 해요. 그 덕분에 조선소는 무척 잘 운영됐다고 하고요.

1960년에 조선소 사업자등록을 냈는데, 그때에 이름을 칠성조선소로 바꿨다고 들었어요. 할아버지께서 주무시다가, 꿈에서 조선소 이름을 칠성으로 바꾸라는 얘기를 듣고 그렇게 하셨대요. 저는 아버지께서 농담으로 하시는 말씀인 줄 알았는데, 나중에 고모도 "할아버지께서 자다 깨서는 그러시더라." 하고 증언해주시더라고요. (웃음) 할아버지 함자가 최칠봉이셨는데, '칠' 자는 거기서 온 것 아닌가 싶기도 해요.

처 음 에 는 원 산 조 선 소 였 대 요 .
할 아 버 지 가 원 산 분 이 셨 거 든 요 .

동네 꼬마들의 놀이터

—

할아버지는 제가 태어나기도 전에 돌아가셔서 직접 뵌 적은 없어요. 할아버지께선 배 만드는 일로 큰돈을 벌어서, 조선소 안에 집 몇 채를 짓고 형제들을 불러 모아 살았대요. 식구들이 20명도 넘었다죠, 아마? 그리고 예전에는 이 주위에 조선소가 일고여덟 개 있었어요. 이제 남은 건 여기 하나와 호수 건너편에 남은 하나가 전부지만요. 지금 이 건물 자리는 그렇게 만들어진 작은 동네에서 꼬마들이 모여서 놀던 공간이었습니다.

아버지는 서울에서 공부하고, 결혼하고, 회사 다니시다 1986년에 속초로 와서 그 전까지는 할머니께서 운영하시던 이 조선소를 물려받았어요. 저는 인천에 계신 외할머니께 맡겨져 있다가 아버지가 속초에 올 때 함께 오게 됐어요. 조선소 안에는 제재소가 있었는데 거기에 굴러다니는 나무들로 친구들과 장난감 배도 만들고 칼도 만들며 놀곤 했어요. 그리고 어른들이 만드는 배에 올라가서 노는 동안 배 만드는 과정에 익숙해졌어요. 살을 발라놓은 고래뼈 같은 모양부터 시작해서 거기에 조금씩 살이 붙어가고 나중엔 집 같은 모양의 선실도 생기고 하니까 아이들이 놀기에는 정말 좋았죠.

물에 뜨지 않는 배를 만들다

—

제가 어렸을 때부터 어른들은 배 만드는 것처럼 위험한 일은 하지 말라고 말씀하셨어요. 하지만 저는 몸을 쓰거나 뭔가 표현해야 하는 사람이었는지, 중학생일 때에는 미술을 하고 싶었죠. 그런데 부모님이 반대하셨고요. 고등학생 시절에는 음악을 하고 싶었지만 그 소망 역시 부모님 반대로 좌절됐죠. 사무실 벽에 붙은 RATM(Rage Against The Machine) 포스터는 그때의 흔적이랄 수 있겠네요. RATM 같은 락밴드들은 제게 그 시절의 전부였으니까요. 다행히도 고등학교에서 좋은 미술 선생님을 만나게 되면서 미술을 하게 됐어요. 그때쯤 성적이 떨어지기 시작했고 공부도 정말 하기 싫어서 학교를 그만두겠다고 계속 얘기했더니 결국에는 부모님께서 미술 하는 것을 허락하시더라고요. (웃음)

그렇게 진학한 미대에서 조소를 전공하면서 재료를 만지는 방법을 배웠습니다. 하지만 배를 만들겠다는 생각은 나중에나 하게 되었죠. 영등포에 작업실을 구했을 때쯤 배 만드는 일이 궁금해졌어요. 물에 띄우는 본격적인 배를 만들기 위해서가 아니라 미술 작업을 하는 사람으로서 배 만드는 일을 공부해보려고 했어요. 동네의 폐목재를 주워 모아서 제가 어렸을 때부터 봐와서 기억하는 대로 배를 만들어봤습니다. 그렇게 만든 작품은 모양은 배였지만 물 위에 뜨지 않더군요. 점점 더 배 만드는 일이 궁금해지고 흥미가 붙었습니다. 나무 다루는 법, 배 만드는 법을 배우고 싶어졌고, 그렇게 만든 배를 실제로 타고 싶어졌어요. 그때 유학을 가서 배 만드는 법을 배우게 된 거죠.

고등학교에 다닐 땐 음악을 하고 싶었죠.
RATM은 제 고등학생 시절의 전부였습니다.

작은 배도 배다

—

몇 달 전부터는 칠성조선소 일을 재정비하기 시작했어요. 배를 고치는 일과 어선을 새로 만드는 일은 하지 않기로요. 그리고 또 다른 사업에 초점을 두기로 했습니다. 보통 '조선'이라고 하면 큰 배를 만드는 일을 생각하게 되잖아요? 그런데 사실 이 단어는 크건 작건 모든 종류의 배를 만드는 일 자체를 의미해요. 저희는 주로 카누나 카약을 만들고 있지만 한국 시장은 너무 작아요. 그래서 교육으로 방향을 틀어서 배 만드는 법을 가르쳐주는 공간으로 만들어가려고 준비하고 있어요. 나무로 서프보드나 작은 보트 등을 만드는 방법을 가르치려고 해요. 키트화해서 쉽게 만들 수 있게 하려고 준비하고 있습니다.

새로운 사업을 구상하면서 프레젠테이션을 많이 하게 됐어요. 프레젠테이션을 하러 가보면 다들 유창하게 잘하더라고요. 그런 사람들을 보면 주눅이 들기도 해요. 저희는 그분들의 반도 못하거든요. 그런데 발표를 잘 못하니까 오히려 귀를 기울이게 된다는 분도 있더군요. (웃음) 요새는 프레젠테이션을 준비하느라 시달려서 머리에 손상을 받은 느낌이에요. 경험이 없는 사람이 거기에 맞춰 일하려니 힘든 게 사실이죠. 여러 모로 사업을 구상하고 있지만 막막한 느낌이 없지는 않아요. 아직 해결할 일들이 많거든요.

2018년 3월 현재, 이들은 조선소 한 켠에 커피를 파는 '칠성조선소 살롱'을 열었다. 또한 올해 상반기 내에 '조선소 뮤지엄'과 그밖의 '아직 공개할 수 없지만 기대해봄직한 공간들'을 준비하고 있다.

그래도 호수와 바다가 있는 속초에서
레저용 배를 만드는 일을 하고 있다는 게 즐거워요.
수상 레저가 활성화되길 바라는 마음으로
속초카누연맹을 중심으로 한 영랑호 산책길을 추천합니다.

근원을 찾아 항해하는
현대의 오디세우스

카약은 위태로워 보이는 외양에 비해 꽤나 안정적이어서 잔잔한 물 위에서는 쉽사리 뒤집히지 않는다. 이누이트족이 오래 전에 고래 뼈와 물개 가죽으로 카약을 만들던 때부터 그 형태가 어느 정도 갖춰져 있었다고 하니, 구조의 안정성은 믿어도 좋겠다. 그럼에도 불구하고 카약이 뒤집혀 물에 빠진 적이 있다. 카약이 수직으로 서 있는 절벽을 향했을 때 상체를 옆으로 기울여 피하려고 했던 것이다. 카약에 조금 더 익숙해진 지금이라면 절벽을 미리 보고 그쪽으로 다가가지 않도록 방향을 틀었겠지만, 얄궂게도 그날은 패들을 처음 잡아본 날이었다.

속초의 '조선소 마을'이라 불리던 곳에서 어른들이 배를 만드는 것을 보며 자랐다는 최윤성 씨라면 어땠을까. 적어도 그는 몸을 틀어 눈앞의 장애물을 피하는 것이 능사가 아니라는 사실을 알고 있는 듯했다. 배 만드는 일이 위험하다는 이유로 그것을 금지당한 최윤성 씨는 고집스레 미술을 전공한 뒤 미국에서 배 만드는 법을 본격적으로 공부한다. 그리고 고향으로 돌아와 가업을 이어받는다. 숙명처럼 다가온 '배 만드는 일의 부름'에 응한 것이었다.

하지만 그들 부부가 칠성조선소를 물려받았을 때에는 이미 속초 지역의 조선업이 쇠퇴해 있었다. 또다시 다가온 장애물을 앞두고 이들 부부가 택한 길은 방향을 바꾸어 새로운 바다로 나아가는 것이었는데, 바로 레저용 배 제작을 교육하는 일이다. 최윤성 씨의 할아버지가 처음 조선소를 차렸을 때 그랬던 것처럼 수평선 너머에 존재하고 있을지 누구도 확신할 수 없는 새로운 땅을 향해 나선 것이다.

선착장에 묶인 배는 앞으로 나아갈 수 없다. 그러므로 스스로 매듭을 푼 그들 부부는 낯선 곳을 향한 항해를 시작했다. 그들의 어깨 뒤에는 이미 낯선 곳으로 항해해본 누군가가 존재하고 있으며 그 누군가가 겪었던 고난은 이제 고스란히 이 부부의 몫이 되었다. 하지만 이 부부 이전의 누군가가 새로운 항로를 훌륭히 개척해냈다는 사실은 그들에게 어떤 자신감을 불어넣어주리라 믿는다. 이제 그들은 새로운 세대의 이야기를 써가기 위해 자기 힘으로 배를 밀고나가고 있다. 자기 근원을 찾아 항해하는 현대의 오디세우스가 가닿게 될 육지가 그들의 바람만큼 멋진 곳이길 기대한다.

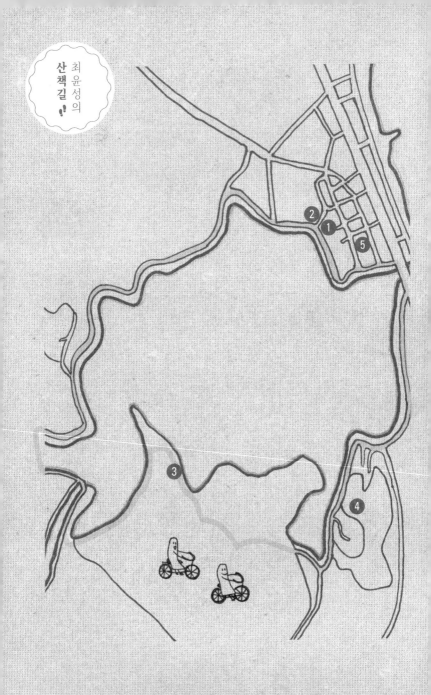

최운성의 **산책길** !

영랑호 둘레에는 약 8Km에 걸쳐 산책길이 잘 조성되어 있다. 한 바퀴를 걷기에는 조금 부담스러운 거리지만 자전거를 탄다면 철마다 달라지는 영랑호의 정취를 아주 쾌적하게 즐길 수 있다. 속초시 카누연맹 옆의 자전거 대여소에서 1인용을 1시간 4000원씩에 빌릴 수 있다.(2인용은 1시간 8000원, 하루 대여는 15000원.) 또는 범바위 아래에서 스토리자전거 여행을 신청할 수도 있다.(3Km 코스 20000원, 8Km 코스 30000원. 모두 2인 기준.)

속초시 카누연맹 소속 선수들이 연습을 하고 카누 경기가 개최되기도 하는 곳이다. 1997년에는 아시아카누선수권대회가 여기에서 열리기도 했다. 속초에서는 속초중, 설악여중, 속초여고에서 카누부를 운영하고 있는데, 전국대회에서 좋은 성적을 올리고 있다 한다. 간혹 카누연맹이 수상레저 활성화를 위해 무료 체험 교실을 운영하기도 하니 산책길에 들러 확인해보는 것도 좋겠다.

126

③ **범바위**

최윤성 씨는 범바위를 볼 때면 거인국에 온 듯한 느낌이 든다고 말한다. 서로 등을 기댄 바위들이 거대한 자갈처럼 보인다는 것이다. 지금은 뒤에 높은 건물이 들어서 그 크기가 상대적으로 작아 보이지만, 예전에는 그 모습이 범이 웅크리고 앉아 있는 것처럼 당당하다고 하여 이러한 이름이 붙었다고 한다. 바위 사이를 조금 오르면 꼭 대기에 오를 수 있지만 영랑정 쪽으로 난 길이 조금 더 수월하다.

"정말 재미있다"는 최윤성 씨의 추천을 듣고 이곳에 들어섰을 때 '아차' 싶었다. 그의 엉뚱한 구석을 발견한 느낌이었다. 칠성조선소 아드님의 추천을 받고 왔다고 말씀드리자 "아, 그분요! 자주 오시곤 해요"라는 대답이 돌아왔고, 게임은 그의 말대로 정말 재미있었다. 후반부로 갈수록 다이내믹해지는 17개의 코스를 돌며 삶의 달고 쓴 맛을 느껴보자. 단 게임 중 레인을 밟으면 5점 감점되니 주의할 것.(1인당 4000원)

백은정·최윤성 씨는 산책의 마무리로, 서울에서 이주해 온 부부가 운영하는 하우스 레스토랑 완앤송에서의 식사를 추천한다. 하우스 레스토랑이라는 이름답게 일반 주택을 수리해 예약제로 운영하고 있다. 저녁에는 주기적으로 메뉴가 교체되는 코스 요리를 내놓는다. 창문 밖으로 영랑호와 설악산의 풍경이 액자 속의 그림처럼 보이는 자리를 노린 뒤, 주인 내외가 직접 양조하는 크래프트 비어를 마셔보자.

영 랑 호 는   어 떤 곳 ?

영랑호의 이름은 금강산에서 수련을 마친 영랑이라는 화랑이 금성(지금의 경주)에서 열리는 무술대회에 가는 길에 이 호수의 경관에 반해 오래 머무르며 풍류를 즐겼다는 데에서 유래한다. 영랑이 금성으로 돌아가는 것도 잊게 만들었던 영랑호의 풍광은 과연 빼어나서, 지금도 속초 시민들의 산책길로 사랑받고 있다.

이 호수는 장사동, 영랑동, 동명동, 금호동에 둘러싸여 있다. 영랑호를 끌어안고 있는 장사동은 행정동으로는 영랑동에 속한다. 원래는 고성군 토성면의 일부였던 사진리와 장천리가 1973년에 속초시로 편입되면서 장사동으로 불리게 되었다. 장사동의 횟집 일대와 속초고등학교 부근

은 원래 육지가 아니라 바다였는데 오랜 시간에 걸쳐 모래가 쌓여 영랑호를 호수로 만들었다. 그리고 새로 생긴 모래톱에 들어선 마을이 장사동의 '사(沙)'자 자리를 차지하는 사진리였다.

범바위가 속해 있는 곳은 금호동으로, 그 남쪽 끝은 청초호에도 닿아 있다. 금호동이라는 이름은 영금정과 영랑호에서 각각 한 글자씩 따온 것인데, 호수 주위가 아름다워서 어디선가 거문고 소리가 들릴 듯한 곳이라는 의미로 해석되기도 한다. 이곳의 가장 이름난 관광지인 범바위 옆에는 2005년도에 새로이 지어진 뒤 시민공모에 의해 영랑정이라 이름 붙은 정자가 있다.

완앤송

강원 속초시 장사동 632-250

여행지에서 만나 결혼한 부부가 '내가 먹고 싶은 요리를 하자'라는 것을 목표로 운영하는 하우스 레스토랑. 하루 10그릇 한정 쌀국수로도 유명하다.

원산면옥

강원 속초시 중앙로 91-6

속초 중앙로에서 조금 안쪽으로 들어간 곳에 자리한 함흥냉면집. 냉면에 계란노른자를 잘게 부숴 섞어 먹으면 더 맛있다고 한다.

옛날숯불녹원갈비

강원 속초시 교동 780-276

최윤성 씨는 이곳을 소개하면서 "알려지지 않으면 좋겠다"고 말한다. 이 식당의 생돼지갈비 맛을 제대로 느끼기 위해서는 소금에 찍어 먹는 것이 좋다. 공기밥은 솥에 바로 지어 나오는데, 시간이 좀 걸리니 미리 주문할 것.

제3부

지친 당신을
품어줄 곳,
고성

고성방가 게스트하우스_박한영 대표

감창골 절임배추_이순임 대표

아야진초등학교_박성진 선생님

대한민국의 가장 북동쪽에 위치한 고성군은 휴전선에 의해 둘로 나뉘어 있다.
한때는 북한 쪽의 고성에 자리 잡은 금강산으로 가는 육로 관광길을 따라
음식점이나 숙박업소, 특산품 판매점 등이 성업했지만
2008년 육로 관광이 중단되어 이 지역의 경제적 피해가 컸다.
하지만 관동팔경의 하나인 청간정을 비롯해 화진포, 송지호 같은
관광 자원들이 사람들의 발길을 끌고 있다.

고성에서 만난 세 명의 인터뷰이는
모두 다른 지역에서의 시행착오를 거쳐 이곳에 정착했다.
지역과의 연결고리는 약했지만 고성에 대한 애정이 부족하지는 않았다.
깨끗한 백사장이 늘어선 고성의 동해에서 게스트하우스를 운영하고 있는
박한영 씨는 브루스라는 이름의 개와 함께 지내고 있다.
브루스와 함께 산책을 하며 땅의 기운을 느낀다는
박한영 씨의 눈에 비친 고성의 모습을 확인해보자.

이순임 씨는 고성의 외딴 마을에서 남편과 단 둘이서

절임배추를 만들며 지내고 있다.

몸이 고생스러울 때도 있지만 그는 무척 만족스럽다고 한다.

강원도에서 씩씩하게 지내면서 자신의 진가를 발휘하게 되었다는

이순임 씨는 정말로 즐거워 보였다.

그는 일을 통해 만난 사람들과 찾곤 한다는 화암사를 산책길로 추천한다.

비교적 적은 품을 들여 설악산의 절경을 즐길 수 있는 길이라고 하니

기대해보자.

시인의 마음으로 매일 아이들을 만나고 있는 교사 박성진 씨는

삶의 어느 순간에도 자신의 꿈을 잊지 않고 살아왔다.

하지만 그는 몹쓸 병을 앓으며 자신을 조금 더 객관적으로 들여다보게 되었다.

그가 자기 삶의 중심을 잡기까지의 이야기는 귀담아들을 만하다.

박성진 씨가 좋아한다는 교회가 왕곡마을에 있다.

그의 안내에 따라 왕곡마을 여기저기를 기웃거려보는 것도 재미있겠다.

간성시외버스터미널

▼ 오봉리 버스
30분

1-1 버스
50분

▶

박성진의 산책길
왕곡마을
206면

박한영의 산책길
백도해수욕장
152면

이순임의 산책길
화암사
176면

◀

◀

1-1 버스
1시간

1-1 버스
50분

택시
25분

▲

속초시외버스터미널

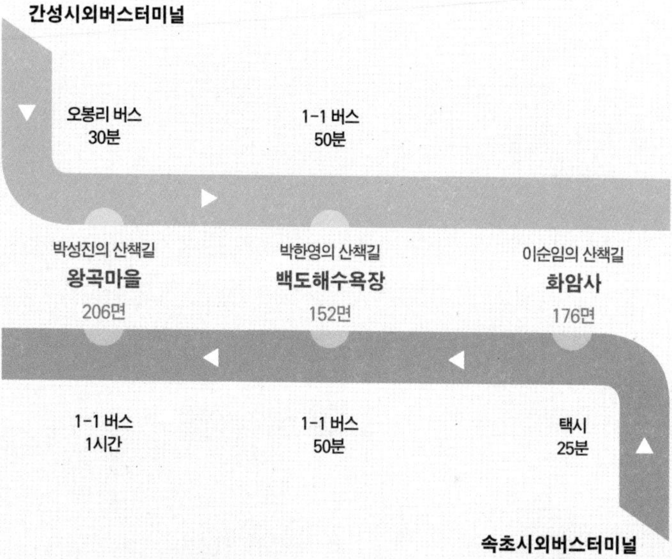

숙 박

정 보

고성방가 게스트하우스

강원 고성군 죽왕면 문암항길 53 ▶ blog.naver.com/gsbanga

유빈민박

강원 고성군 토성면 아야진해변길 131 ▶ www.ayajin.co.kr

환상적인 시골 생활을
꿈꾸시나요?

고성방가 게스트하우스
박 한 영 대 표

고수는 숨어 있어도 눈에 띄는 법.
강원도 최북단의 고성에서 게스트하우스를 운영하고 있지만,
그것보다 일러스트레이터로서의 수익이 더 많다고 하는 박한영 씨는 정말로 바빠 보였다.
서울에서 일하던 그는 어떻게 강원도에 오게 됐을까?

'돼지'가 된 나를 발견하다

—

2012년까지 게임 개발 업체 엔씨소프트에 다니다가 구조조정으로 나오게 됐어요. 너무 갑작스러운 퇴사 탓에 멘탈이 붕괴돼서 카드로 돈을 펑펑 썼죠. 실업급여가 금방 나올 거라 기대하고요. 그런데 바로 되는 게 아니더라고요. 친구에게 300만 원, 형에게 200만 원을 빌려서 카드 대금을 겨우 메꿨어요. 실업급여가 150만 원 나왔는데 남은 빚은 금방 갚을 수 있을 거라고 생각했어요. 디자이너 일을 했었으니까 일 받는 데는 문제 없겠다고 짐작한 거죠. 그런데 생각과 달리 일이 없어서 작업비 따지지 않고 아무 일이고 받았죠. 그때는 보일러 값 아끼려고 바닥에 캠핑 매트를 깔고 지낼 정도였어요. 그걸 깔면 생각보다 따뜻하거든요.

재취업도 생각해봤지만 제가 다니던 회사만큼 대우해주는 데가 없더라고요. 그래서 '얼굴스'라는 이름으로 사업자등록을 하고 정말 닥치는 대로 일했어요. 한 해가 지나자 큰 건들이 들어오기 시작하더군요. 큰 프로젝트를 하나 맡아서 통장에 선수금 5000만 원이 들어왔을 때였어요. 돈 걱정이 없어지니까 그제야 제 모습이 보이더군요. '돼지'가 된 제가 5.4평짜리 집의 컴퓨터 앞에 덩그러니 앉아 있더라고요. 그래도 제 나름으론 좋은 학교 나와서 나쁘지 않은 조건을 갖춘 사람이라고 생각했었는데, 어느새 제 꼴이 그렇게 되어 있었습니다.

김포에 집을 마련하다

—

그렇게 돈에 대한 걱정이 내가 사는 이유에 대한 물음으로 옮겨갔어요. 그때 얻은 결론은 부자가 되겠다는 욕망이 부질없다는 거였어요. 부자들도 걱정 없는 삶을 살고 있진 않더라고요. 돈이 제 걱정의 70%였는데 그게 사라지니까 나머지 30%가 커져서 100%가 되었어요. 법정 스님이 무소유를 말한 이유를 알 것 같기도 했죠.

그때쯤 예비군훈련이 있었어요. 훈련장에 가는 길에 그린벨트가 있었는데, 그걸 보니 서울에 이렇게 노는 땅이 있는 것처럼 다른 지역에도 그런 곳이 있을 거란 생각이 문득 들더라고요. 그렇게 알아보기 시작해서 찾은 곳이 김포의 그린벨트에 있는 집이었어요. 그런데 막상 그곳에 가서 지내보니 기름 값을 비롯해서 쓰게 되는 돈이 생각보다 많더군요. 그래서 '우연수집'이라는 블로그를 운영하는 학교 선배와 살게 됐어요.

김포에서 사는 동안에는 사람들과 정말 재미있게 놀며 지냈던 것 같아요. 그러다가 얼굴스 2주년을 맞이했을 때 집에서 파티를 한 적이 있는데, 그날 왔던 후배한테서 '경매'라는 것이 있다는 걸 처음 들었어요. 후배 어머니가 부동산 일을 하셨거든요. 그 말을 듣고 나서 제주도에 나온 3500만 원짜리 집을 찾았어요. 친구를 10명쯤 모아서 운영비를 걷는다면 여름에 오가며 지낼 놀이터를 마련할 수 있지 않을까 생각했죠. 그런데 막상 가보니 그 경매 건으로 300여 명이 몰렸더라고요. 결국 그 집은 1억 넘는 금액으로 낙찰됐고요. 허탈했죠.

김포에서 사는 동안엔 정말 재미있게 지냈어요. 그때쯤부터 지방에서의 삶을 본격적으로 모색하기 시작했죠.

고성에서 2년 반

—

알아보기 시작한 김에 다른 경매 건을 찾아봤어요. 스쿠버랑 서핑을 본격적으로 해보려고, 도로 가에 있는 집을 위주로 찾았죠. 장비를 옮기기 편하게요. 그래서 찾은 곳이 이 자리였어요. 구글어스니 로드뷰 같은 서비스를 활용해서 주위가 어떤지 파악해뒀기 때문에, 경매 전날에야 직접 여길 찾아봤어요. 건물 안을 들여다보는 것은 법으로 금지돼 있어서 못했고요. 그런데 제주도와 달리 여기는 단독 입찰이 됐어요. (웃음) 2015년 5월에 공사를 시작해서 두 달 준비하고 게스트하우스를 열었어요. 이 동네는 봄에 바람이 정말 심하게 불어요. 집들이 망가질 정도로요. 다행이랄까요, 여기 살던 전 주인분이 늦게 나가신 덕에 봄 바람이 그치고 나서 공사를 시작했습니다. 그래서 무사히 공사할 수 있었고요. 게스트하우스를 연 지 2년 반이 지났으니, 이제는 계절 사이클은 대강 알게 됐어요.

처음 1년 정도는 김포에서 여길 오가며 지냈어요. 유유자적하며 지내길 원하던 친구가 게스트하우스를 관리해줬죠. 그런데 집을 게스트하우스로 개조하는 공사비가 예상보다 많이 들었던 데다 게스트하우스에서 생기는 수익도 생각보다 적었어요. 그렇다고 더 많은 손님들이 게스트하우스를 찾게 하려면 친구가 계속 유유자적할 수도 없는 노릇이었고요. 친구도 고성까지 와서 아등바등 살고 싶어하진 않았어요. 결국 친구는 서울로 돌아가고 제가 여기로 왔어요. 아예 여기서 지내기 시작한 건 2016년 6월이었고요.

'얼굴스'라는 닉네임요?

—

대학교에 복학했을 때까지만 해도 이성에게 말도 잘 못 붙이는 성격이었어요.(여담이지만 저 같은 분들께 팁을 하나 드리자면 명리학을 공부해보시길!) 저를 노땅 취급하는 후배들을 보며, 군대에서 '제대만 해봐라!' 했던 생각이 다 헛것이었단 사실을 알게 됐죠. (웃음) 그래서 사람들과 친해지려고 초상화를 그려주기 시작했어요. 그게 저의 아이덴티티가 됐고요. 그렇게 '일러스트를 그려주는 사람'이 됐어요. 그림을 통해 더 많은 사람을 만나면서 대학생활을 할 수 있었습니다.

회사생활을 하면서는 사람들의 초상화를 그려주는 봉사활동을 하기로 마음먹었어요. 각종 축제를 주최하는 쪽에 '우리에게 먹을 것과 티켓, 부스를 제공해주면 관객들의 초상화를 그려주마' 하고 제안을 했어요. 제안이 받아들여져서 그 이후 계속 축제에 찾아가서 그림을 그렸고요. 이런 활동이 지속되리라 생각해서, 관객들의 초상화를 그려주러 함께 다니는 사람들의 모임 이름을 공모했죠. 무브먼트나 크루 개념으로 회사 동료들과 함께 활동하면 재밌겠다고 생각했거든요. 그렇게 생겨난 이름이 얼굴스였어요. 그 와중에 구조조정을 당하고, 정신없이 일하고, 뭐 그렇게 된 거죠. 아까 말씀드린 것처럼, 나중에 사업자등록을 할 때에 얼굴스를 사업체 이름으로 쓴 거고요. 처음에는 사업체 이름으로만 썼는데 김포에서 함께 지내던 '우연수집'이 블로그에 글을 올리면서 저를 얼굴스라고 부른 거예요. 그래서 얼굴스가 사업체 이름 겸 작가 이름이 됐죠.

시골 생활은 '환상적'이지 않다

—

게스트하우스를 운영하는 게 주된 일처럼 보일지도 모르겠지만 사실 제 수익의 8할은 일러스트 작업에서 생겨요. 게스트하우스는 나머지 2할인 정도고요. 프리랜서로 지내다 보면 안정적인 수익에 대한 불안감이 생기는데, 게스트하우스가 그걸 조금쯤 상쇄해주죠. 그림 그리는 일 자체는 굉장히 고돼요. 여기에서도 여전히 바쁘게 지낼 정도니까요. 정말 바쁠 때는 게스트하우스를 안 열기도 해요. 일러스트 작업이 힘들긴 하지만, 즐기고 있기 때문에 계속할 수 있는 듯해요.

물론 여름에는 물놀이도 하고 다른 계절에는 고성의 자연을 즐길 때도 없진 않아요. 그런 파편만 보면 그림 같은 삶처럼 보일지도 모르겠네요. 하지만 보통은 일러스트 작업을 하느라 바빠요. 삶의 아름다운 모습은 손님들이 찍어오는 사진을 통해 겨우 보고 있는 처지랄까요. 게다가 원래부터 이 동네에 사시던 분들과의 말 못할 알력도 있고요. 그래서 저는 '시골로 갔다 3년 안에 도시로 돌아온 사람들 이야기' 같은 것도 누군가 해줬으면 해요. 매체에서는 시골 생활에 대한 환상만 보여주는 것 같거든요.

여기 살면서 느끼는 문제는 연애나 결혼이 힘들다는 거예요. 다행히도 여자친구는 있지만 결혼하면 속초에 가서 살려고 해요. 그러면 고성방가 게스트하우스는 놀이터나 작업실, 실험공간이 되겠거니 싶어요. 이 공간을 게스트하우스로 만들면서 공구로 하는 작업에도 재미를 붙이게 돼서 그런 작업도 더 해보고 싶고요.

내 친구 브루스

—

브루스요? 풀 네임은 난리 브루스에요. 게스트하우스를 열고 한 달 뒤에 들어왔죠. 아는 형의 아버지께서 키우던 개였어요. 잔디가 깔린 마당에서 살던 친구였는데 하도 난리를 쳐서(풀 네임의 뜻을 알 법하죠?) 제가 데려오게 됐어요. 골든리트리버 종인데, 충성심은 낮고 사교성은 높은 개래요. (웃음)

저는 고미숙 작가의 책을 좋아해요. 그분의 책을 보면 걷기가 발바닥의 용천혈을 자극해서 우리 몸을 치유해준다고 하죠. 땅의 기운을 받는다는 느낌으로 브루스와 함께 산책하곤 해요.

그래서 오늘 소개해드릴 산책길은
브루스 친구들을 만나러 가는 길예요.
이 동네엔 유난히 리트리버가 많거든요.

도시와 시골의
인력과 척력

모든 항구에는 빨간 등대와 하얀 등대가 나란히 놓여 있다. 빨간 등대는 항구로 들어오는 배에서 볼 때 오른쪽에서 붉은색 등을 비춤으로써 배가 불빛의 왼쪽으로 항해해야 함을 표시한다. 하얀 등대는 그 반대편에서 녹색 등을 비춰 빨간 등대와 함께 배를 이끌어준다. 그러니까 항구로 들어오는 배는 두 개의 등대가 비추는 불빛을 보며 간격을 맞추는 것이다.

서울에서 일하던 일러스트레이터 박한영 씨는 시골의 이끎에 따라 김포로, 고성으로 이주했다. 하지만 그는 시골에서 보낸 몇 해의 시간이 그림 같지만은 않았다고 고백한다. 무엇보다도 도시에 살 때 그곳의 사람들과 유지했던 멀지도 가깝지도 않은 적당한 간격이 그리운 눈치였다. 적지 않은 시간을 도시에서 살아온 그에게는 자신의 친구로 정의되는 이나 가족같이 느껴지는 이들이 아니라면 어느 정도 범연한 관계를 유지하는 데에 익숙할 것이다. 하지만 시골에서는 사람 사이의 간격이 훨씬 더 좁혀진다고 한다. 그래서 말 못할 알력이 생기기도 하는 듯하다.

그가 인터뷰를 통해 정말로 하고 싶던 이야기의 초점은 여기에 맞춰져 있었다. 각종 미디어들이 보여주는 시골에서의 유유자적한 삶은 사실 허상인 경우가 많다는 것. 시골에서의 '삶'을 결코 만만하게 봐서는 안 된다는 것. 심지가 굳고 아직 가족이 없는 사람이라면 혼자서 버텨낼 수도 있겠지만, 가족이 생긴다면 결코 마음을 놓을 수 없으리라는 것. 그래서인지 그는 속초의 까페 완벽한 날들에 자주 들르곤 한다. 작은 도시에서나마 문화의 향기를 느끼고 싶어서가 아닐까. 그는 지금도 도시와 시골 사이에서 각각의 공간이 끼치는 인력과 척력에 의해 움직이고 있는 것이다.

어떤 항구에는 앞에서 말하지 못한 색깔의 등을 비추는 등대가 하나 더 있다. 바로 노란 등대다. 이 등대는 암초와 같은 장애물이 있으니 주의하라는 것을 표시하므로, 모든 항구에 있는 것은 아니다. 빨간 등대와 하얀 등대 사이에 있는 박한영 씨는 이 책의 여러 인터뷰이 중에서 유일하게 노란 등대의 역할을 해준다. 그러니 만약 항구에 들어서고자 한다면, 거기에 혹여 노란 등대가 없는지 다시 한번 살펴볼 일이다.

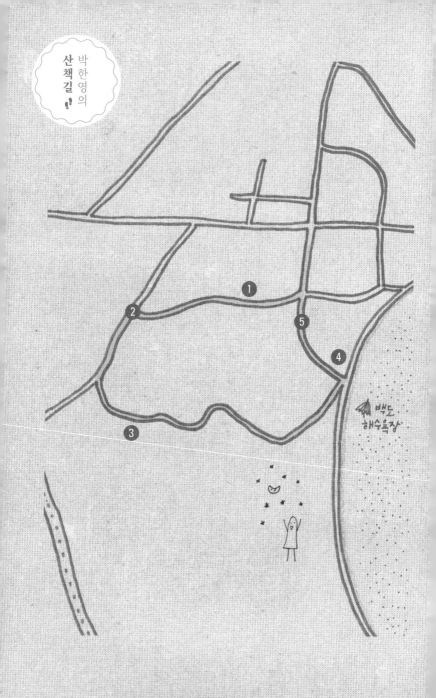

"브루스는 일곱 살 난 수컷인데, 얘가 간사해서(?) 나이가 든 암컷 '하시'는 별로 안 반가워해요. 가장 좋아하는 친구는 이따 만날 '서프 롯지'의 '레오'고요."

"브루스가 길 위에 만들어낸 '큰 것'은 땅에 잘 묻어줘요. 동네 분들께 폐를 끼치지 않으려고요. 얘가 달리기 시작하면 목줄을 꽉 잡아야 해요. 힘이 엄청 좋거든요. 언젠가는 가벼운 분이 브루스에게 끌려가서 엉망으로 넘어진 적도 있어요."

"가까이 보이는 봉우리가 운봉산이래요. 지리학적으로 뭔가 중요하다고 들었어요. 모양새가 포근해서, 산책길에 잠시 멈춰 서서 바라보곤 해요."

운봉산 고성군 토성면 북부지역에 자리잡은 운봉산은 독특하게도 2중 구조로 되어 있다. 산의 중간쯤에서 경사가 급격히 변하는데 그 아래쪽은 화강암으로, 위쪽은 현무암으로 이루어져 있다. 그중 현무암 지대에는 주상절리가 풍화되어 만들어진 암괴류가 널려 있다. 정상에 올라서면 고성의 동해안 풍경이 장관을 이룬다. 운봉산은 강원평화지역 국가지질공원으로 지정되어, 스토리텔링 해설 서비스를 무료로 이용할 수 있다. 4인 이상의 단체를 대상으로 해설을 해주며 지질공원 방문 최소 1주일 전에 고성군청 환경보호과 환경기획팀(☎ 033-680-3336)으로 전화해 사전 예약해야 한다. 운영시간은 오전 10시부터 오후 5시까지다.

"메트로폴리스에는 래브라도리트리버가 황색(백야),
검은색(도야) 이렇게 두 마리가 있더라고요. 세 마리가
모이면 그야말로 '난리 브루스'가 펼쳐지죠."

"브루스가 제일 좋아하는 레오는 오늘 없네요. 별 수 없으니 이제 집에 가자, 브루스!"

죽 왕 면 은   어 떤 곳 ?

고성군의 동남쪽에 위치한 죽왕면은 고려시대 이래 간성군에 속해 죽도, 왕곡 2개 면이었던 것이 일제강점기에 하나가 되면서 지금의 이름을 얻었다. 서부는 주로 산지이며 동부에는 약간의 평야가 있어 농경지로 쓰인다.

죽왕면에서 가장 이름 높은 곳은 아무래도 송지호일 것이다. 신라시대에 이곳에서 토지를 경작하던 정거재라는 거부가 시주를 구하는 노승에게 심한 욕을 하며 내쫓자, 노승이 도술로 쇠 절구를 던져 농토를 삽시간에 호수로 만들었다는 이야기가 전해온다. 아름다운 소나무 숲, 겨울 철새, 오토캠핑장, 철새관망탑 등으로 관광객들의 발길을 끌고 있다.

한편 14세기 무렵 함씨, 최씨, 김씨가 집성촌을 이룬 왕곡마을에 가면 북방식 전통 한옥들을 볼 수 있다. 왕곡마을은 오봉리의 옛 이름인데, 인접해 있는 구성리에서 구운 기와를 얹어 집들을 지었다고 한다. 안개울을 사이에 두고 윗마을에는 함씨가, 아랫마을에는 최씨가 주로 자리잡았다. 산에 겹겹이 둘러싸여 있어 한국전쟁에도 피해가 적었고 그 덕분에 지금의 모습을 유지하고 있다.

죽왕면에는 백도해수욕장을 비롯해 삼포, 가진, 봉수대, 문암 등 깨끗한 백사장이 있는 해변이 즐비하다. 이곳들을 이어주는 해파랑길을 걸어보는 것도 즐거운 경험이 될 것이다.

만성횟집

강원 고성군 죽왕면 심층수길 33

횟집이긴 하지만 물회가 단언 압도적이다. 기본물회, 멍게해삼덮밥 등 맛, 신선함, 푸짐함에서 매우 만족스럽다.

바다마을 젓갈

강원 고성군 거진읍 진부령로 3059

동해대로가 생기기 전 북쪽으로 향하는 유일한 도로였던 진부령로 외딴 곳에 위치한 젓갈집. 공장과 같이 운영되고 있어 저렴하고 인근 거진항의 신선한 재료들로 만들어져 맛이 좋다. 쫀득한 오징어젓갈 하나에 흰쌀밥이면 한 끼가 거뜬하다.

오호떡방앗간

강원 고성군 죽왕면 송지호로 15-66

고성 전역에 떡을 보급하고 있다고 해도 과언이 아닐 큰 떡집. 막상 찾아가보면 정감 있는 말투로 인사를 건네는 푸근한 사장님이 계신다. 시설의 청결함도 놀랍다. 떡의 맛은, 참 좋음!

수향루

강원 고성군 간성읍 고성중앙1길 5

고성군청 앞 먹거리 골목에 들어서면 고소한 짜장 냄새에 이끌려 이 가게로 들어가게 된다. 진하고 잡맛 없는 짬뽕국물 맛이 좋다.

가진이성업부부횟집

강원 고성군 죽왕면 가진길 30

물회보다는 회덮밥을 약간 저렴하게 먹고 싶거나, 바다를 바라보며 물회를 먹고 싶을 때는 이 집을 찾아가자. 지역주민들이 편하게 찾는 분위기의 식당이다.

나의 진가를
찾은 느낌

감상골 절임배추
이 순 임 대 표

"이렇게, 예쁘게 좀 해봐요."

고성군 간성읍 해상리의 촌락과 동떨어진 곳에
배추를 절이는 시설 한 동, 집 한 채가 동그마니 자리 잡고 있다.
여기서 지내는 이순임 씨는 자신의 절임배추로 김치를 담그면
'별다른 것을 넣지 않아도' 맛있다고 자랑한다. 그 비결이 무엇인지 들어보자.

남편과 함께 살기 위해 한 귀농

—

아저씨와는 제가 법무부 공무원으로 일할 때에 만나서 결혼했어요.
그이가 부장으로 일하던 회사의 경리였던 제 친구가 소개해줬죠. 1984
년에 결혼해서 30년가량 서울에 살았어요. 저는 결혼하고서 일을 그만
두고 전업주부가 되었고요. 저희 부부가 귀농하게 된 건 아저씨 간 이식
때문이었어요. 수술을 받고 죽을 것 같이 힘들어서, 그래도 서로의 얼
굴은 보며 살아야 하지 않겠냐며 귀농한 거죠. 아저씨 집안이 원래 간이
안 좋은 편이에요. 그이는 비닐 만드는 회사를 차려 경영하기도 했는데,
그 일을 하는 동안에도 10년 가까이 아팠죠. 중국에서 간 이식 수술을
받으려고 2개월 동안 머물기도 했어요. 그런데 하필 그때가 베이징 올
림픽이 개최되기 직전이라서 이식 수술을 안 해주더라고요. 수술을 못
하고 한국으로 돌아왔는데, 운 좋게도 서울 강동성심병원에서 연락이
와서 수술을 받았어요. 2007년도의 일이에요.

아저씨가 수술을 받고 나서 한동안은 서울에 있었어요. 그런데 그
이가 하던 사업을 접게 되자, 제가 일을 해야겠다는 생각이 들더군요.
그래서 피자 가게를 냈는데 7개월 만에 힘들어서 포기했어요. 오랫동안
집안일만 하던 사람이 바깥일을 하려니 힘들었던 거죠. 몸무게가 십 킬
로그램이나 줄어들 정도였어요, 그때는.

타지인의 설움을 느끼다

—

피자 가게를 그만두었을 때였어요. 남편 친구 아내가 운영하는 냉면집에 갔는데 거기에서 내놓는 청국장이 무척 맛있더라고요. 청국장 만드는 법을 배우기 위해서 서울 생활을 정리하고 삼척으로 갔죠. 삼척에서는 일단 한번 살아보고 나서 거기에서 계속 지낼지 말지 결정하려고 월세 집에서 지냈어요. 그런데 연고가 전혀 없는 동네에 귀농해서 사는 것이 쉽지 않더군요. 사람들이 타지에서 온 저희 부부를 마을의 일원으로 쉽게 인정해주지 않았거든요. 주위에 아는 사람도 딱히 없으니 더 힘들더라고요. 그래도 아저씨가 경운기 모는 일에 재미를 붙여서 동네 할머니들 일도 도와주고 하니까 그분들은 좋아하시긴 했어요. (웃음)

절임배추를 만드는 방법도 삼척에 있는 동안 배웠네요. 삼척 우체국장님이 무척 의욕적인 분이었어요. 옥수수 판매처를 연결해서 택배 물건 늘리는 걸 도와드렸더니 겨울에 절임배추도 해보라고 하시더라고요. 그렇게 별다른 설비 없이 고무 대야만 가지고 절임배추를 만들기 시작했는데 실적이 좋았어요. 아저씨는 사업 감각이 좋은 사람이라서 절임배추 판매의 전망이 좋다고 판단했지요. 그래서 장비도 마련해가며 계속 절임배추를 만들게 되었어요. 만들기 시작한 지 어느새 7년이나 됐네요.

저희 절임배추는 친환경 인증을 받았답니다.
아저씨가 몸이 아팠으니까,
친환경에 관심을 갖게 되었어요.
해양 심층수로 배추를 절이면
한여름이 되어도 김치가 아삭해요.

단조롭고 편안한 고성 생활

—

삼척에서 3년 지내다 고성으로 이사 왔어요. 아저씨가 학야리에서 학교를 다녔거든요. 고성으로 오고 나서는 아저씨 아는 사람이 많아서 좋더라고요. 친구들도 많고 한두 다리 건너면 다 그분들 친척이고 했으니까요. 그래서 여기서 지내는 게 편안하게 느껴지고 마음도 안정됐어요. 한동안 비닐하우스에서 생활하고 절임배추를 만들다가, 2년 전에 집을 짓고 설비도 마련했어요.

생활은 단조로워요. 새벽 다섯 시쯤 눈을 떠서 텔레비전 보다가 여섯 시 반에 일어나서 밥을 먹어요. 아저씨가 일곱 시 반부터 작업장에 가서 일을 준비하면 일해주시는 분들이 여덟 시 반에 출근을 하죠. 점심식사는 제가 준비해서 일하시는 분들과 함께 먹고요. 오후 다섯 시 반에 작업이 종료돼요. 뒷정리하고 저녁식사를 마치면 아홉 시 뉴스도 못 보고 잠이 들곤 해요. 피곤해서 저절로 눈이 감기거든요.

절임배추는 11, 12월 두 달 동안 만들어요. 이 동네에서 절임배추를 만드는 사람이 몇 있는데, 그분들과는 다르게 저는 도시에 절임배추를 판매하고 있어요. 주문은 꼬리에 꼬리를 물고 들어와요. 봄부터 가을까진 하우스에서 고추농사를 짓고요. 전에는 배추밭에 감자 농사도 지었는데, 감자는 너무 힘들더라고요. 한창 더울 때 밭에서 일하는 게 여간 고된 게 아녜요. 그래서 절임배추만 만들기로 했죠. 청국장은 한 달에 한 번쯤만 가마솥을 써서 만들어요. 처음에는 1Kg 소포장으로 팔기도 했는데 수익이 그리 좋지 않아서 지금은 음식점에만 납품해요.

제 진가를 찾은 느낌이에요

—

여기 올 때는 낙향이라는 느낌이 있었던 게 사실이에요. 고성이 관광지다 보니 지인들이 많이들 찾아왔는데, 집이 생각처럼 빨리 지어지지 않아 비닐하우스에서 지내던 저희를 보고 안타까워하기도 하고 곧 서울로 돌아오게 될 거라고 말하기도 했지요. 그런데 지금은 완전히 상황이 바뀌었어요. 이 동네에 자리를 알아봐달라고 부탁하는 사람이 있을 정도니까요. 집이 외딴 곳에 있지만 저는 무섭지 않아요. 설령 움막이더라도 아저씨와 얼굴을 맞대고 살고 싶어서 여기로 왔으니까요.

저는 공주과라서 서울에서는 김장도 잘 안 했어요. 몸도 약한 편이고요. 그래서 여기에 처음 왔을 때는 힘들었지만, 점점 적응이 되더군요. 서울에선 한 달에 서너 번은 편두통 때문에 누워 있을 정도였는데 지금은 다 나았어요. 일과 가사를 병행하는 게 힘들진 않냐고요? 괜찮아요. 마음이 풍요로워진 느낌이니까요. 여기에서는 많은 것들을 자급자족해요. 직접 재배한 재료로 음식을 만들어 먹을 때 무척 행복해요.

여기에 와서야 제 진가를 발휘하고 있는 느낌이에요. 예전에는 아저씨가, 여자가 밖으로 나가는 것을 안 좋아했어요. 그런데 지금은 여기서 하는 일에 전부 제 이름을 걸어놓고 있어요. 제가 생긴 것과 달리 성격이 씩씩하거든요. (웃음) 종종 배송 사고가 일어날 때에도 저는 시원스레 해결하는 편이에요. 손님이 오늘 당장 김장을 담아야 하는데 배송사고 때문에 큰일 났다고 하면 손해를 보더라도 퀵으로 절임배추를 보내요. 그렇게 깔끔하게 일을 처리해야 손님들이 좋아하거든요.

적당히 먹고 사는 게 꿈이에요

—

1월에는 쉬는데, 너무 심심해요. 그래서 어디 일 갈 데가 없나, 할 것 없나 찾곤 하지요. 이 동네에 귀농한 사람들은 블루베리, 토마토, 딸기 같은 것도 재배해요. 그런데 귀농한 사람들은 부모에게 물려받지 않은 이상 전답도 많지 않고, 혼자 농사를 짓기도 힘들죠. 그래서 항상 일거리를 찾아야 해요. 주로는 일당을 받고 남의 일을 도와주죠. 다들 일손이 없는 걸 아니까 서로 품삯을 받고 일을 해줘요.

가끔은 아저씨와 둘이 여기저기 돌아다니긴 하는데, 둘만으로는 재미가 없더라고요. 누군가 껴야 재미있어요. 그래서 둘이 있을 때엔 종종 술을 마셔요. 아저씨는 소주를 마시고 저는 소맥을 좋아해요. (웃음) 안주요? 근처에 유기농 계란을 하시는 분께 산 계란을 부치는 정도죠. 계란 프라이 정도는 아저씨가 해줘요.

앞으로 계획요? 잘 먹고 잘 사는 거죠, 뭐. 저는 일을 크게 키우고 싶은 생각은 없어요. 아저씨는 사업을 확장하고 싶어 하지만요. 어쩌면 저희 절임배추로 김치를 만들어서 납품하는 일까지 하게 될지도 모르겠네요. 지금은 일하는 게 재밌어요. 주문이 너무 많을 때엔 몸이 힘들기도 하지만 둘이만 있으면 심심하니까, 일을 할 수 있을 때에는 하는 게 좋더라고요.

고성 친환경농업협동조합에서 등산을 가곤 해요.
화암사에 종종 가는데,
그 길에서 바라보는 울산바위가 장관이죠.

스스로 구하는 이에게
품을 내주는 땅

　　고성을 포함한 영동 지방은 고려 시대에 해적의 침입에 대비하는 군사적 목적의 행정구역인 동계로 구분되어 다른 지역과 달리 취급되었다. 한쪽은 바다, 다른 쪽은 드센 형세의 산에 둘러싸인 영동 지방의 길 위에 서면 이 지역이 왜 특별히 여겨졌는지 느끼는 일이 어렵지 않다. 그리고 다른 한편으로는 오래전부터 이곳에 살던 사람들이 느꼈을 막막한 심정도 한 번쯤 생각해보게 된다. 그러한 고립감을 숨기지 않은 설화가 고성 화암사에 전해온다.

　　창건되었을 때의 이름이 화엄사(華嚴寺)였던 이 절은 민가로부터 멀리 떨어져 있는 탓에 시주를 구하기가 어려웠다고 한다. 어느 날 이 절에서 수행하는 두 스님의 꿈에 백발노인이 나타나, 절 옆의 수바위에서 구멍을 찾아 지팡이를 넣고 세 번 흔들어보라고 했다. 노인의 말을 따르자 두 스님이 먹을 만큼의 쌀이 쏟아져 나와 그 뒤로 스님들은 걱정 없이 수행을 할 수 있었다고 한다. 그리고 이러한 이야기가 늘 그렇게 마무리되듯, 욕심 많은 객승이 곱절의 쌀을 탐내 지팡이를 여섯 번 흔들어 구멍에서 피가 나온 뒤로는 더 이상 쌀이 나오지 않게 되었다고 전해진다. 이 설화에 따라 절의 이름은 '벼 화(禾)'자를 쓴 화암사(禾巖寺)로 바뀌었다.

　　고성에서도 더욱 외딴 곳에서 남편과 단 둘이 살고 있는 이순임 씨도, 수바위와 같은 화수분은 아니겠지만 부족함 없이 생활을 이어나갈 만한 방법을 찾은 듯하다. 처음부터 쉬웠던 것은 아니었고 낙향이라는 느낌도 없지 않았다. 하지만 주부로서의 익명성에서 벗어나 사회적 관계망 속으로 완전히 복귀하게 된 이순임 씨는 고성에 정착하고서야 비로소 자신이 가치 있고 능력이 있는 사람이라고 느끼게 되었다. 그리고 무엇보다도 행복하다고 말할 수 있게 되었다. 백발노인이 스님들에게 쌀을 내어준 것처럼, 고성이 그에게 자신의 너른 품을 내어준 덕분이 아닐까.

　　고성은 인구 3만 명의, 크다고 할 수 없는 규모의 고장이지만 스스로 기회를 찾고자 하는 이들에게는 여전히 제 품을 내어주고 있다. 그렇기 때문에 오래전부터 이곳에 살던 사람들은 막막함을 떨칠 수 있었을 것이다. 적당히 먹고 사는 게 꿈이라는 이순임 씨의 말대로 그들 부부가 욕심을 내지 않는 한, 고성에서의 단조롭고 편안한 생활은 계속되지 않을까.

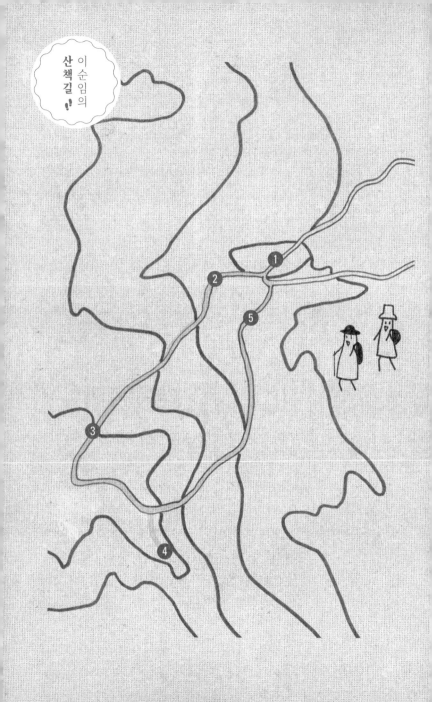

이 순임의
**산
책
길** !

화암사 화암사가 '금강산 화암사'로 표기되는 것은 화암사가 금강산의 남쪽 줄기에 닿고 있기 때문이다. 화암사를 품고 있는 신선봉이 그 남쪽 줄기의 시작점이다. 화암사의 역사를 전하는 기록에도 화암사는 어김없이 '금강산 화암사'로 표기되어 있다. 화암사 경내에는 우리나라에 여섯 그루밖에 없다는 보리수가 있으며, 제법 높은 곳에 위치해 있어 가까이는 영랑호, 멀리는 동해를 조망할 수 있다. 신선대에 오르면 고성, 양양의 모든 산과 벌판, 골짜기가 눈 아래 펼쳐진다.

화암사 입구 바로 옆의 등산로를 따라가면 오른편 골짜기를 끼고 1시간가량 오르막을 걷게 된다. 등산 초보자들에게도 어렵지 않은 코스지만, 오르막만 이어지니 가끔 쉬어줄 필요가 있다. 봄, 가을에는 등산객들이 몰려 이 등산로에 줄을 이루기도 한다.

등산로 오른편에는 신선봉이 버티고 서 있다. 대청봉보다는 한참 낮지만 1000m가 넘는 봉우리다운 위용이 꽤 멋지다.

목적지인 신선대에 오르면 맞은편 울산바위의 모습에 일단 놀라게 된다. 그러고 나서 하산을 위해 길을 찾다가 동해를 마주하게 되면 그 자리에서 한참을 앉아 있을 수밖에 없다. 저 멀리 바다로 마음속 이것저것을 던져버리자.

화암사의 창건설화와 연관있는 바위다. 생긴 모습이 딱 벼의 나락 같다. 바위 위쪽의 웅덩이에 고인 물을 떠서 주위에 뿌리고 기우제를 올리면 비가 내렸다는 이야기를 전하는 입간판 앞에서 잠시 쉬면서, 옛사람들의 삶에 대해 생각해본다.

간 성 읍 은   어 떤 곳 ?

인천에서 시작해 강원도 고성군으로 향하는 46번국도를 따라가다 진부령을 넘어서면 간성읍이 시작된다. 여기에는 북천과 남천이 흘러 고성군에서 가장 큰 농업지대가 형성되어 있다. 진부령 남쪽에는 적설량이 많아 일찌감치 스키장이 만들어졌으나 경영 악화로 2006년 운영이 중단되었다. 민간인 접근이 가능한 백두대간의 종점 격인 해발 1052m의 마산봉도 간성읍에 있다.

간성읍 북쪽으로는 거진읍과 수동면, 현내면이 있다. 거진읍에 자리 잡은 화진포는 해수욕장으로 잘 알려져 있다. 지금은 '화진포의 성'으로 불리는 김일성 별장을 비롯하여 이승만, 이기붕의 별장이 화진포 주변에 모여 있다. 임진왜란 때 사명대사가 승병을 일으켰다는 건봉사도 거진읍에 있다. 양양의 낙산사가 건봉사의 말사였다고 하니 그 규모를 알 법하다. 이 절은 한국전쟁 당시에 폐허가 되었고 지금의 건봉사는 1994년부터 서서히 복원한 것이다. 거진항은 명태 산지로 이름이 높았지만 이제 그 명맥만 유지하고 있다.

수동면은 물이 많이 흐르는 곳이라 하여 이름 붙었다. 대부분의 지역이 민통선 안에 위치하여 거주하는 주민이 없다. 현내면은 동해 최북단에 위치하여 휴전선과 접해 있다. 이곳에 있는 통일전망대에서는 날이 맑으면 금강산과 해금강을 볼 수 있다.

찜나루

강원 고성군 현내면 한나루로 130

이순임 씨의 자제분들이 고성에 오면 꼭 찾는다는 생선찜 가게. 다른 손님들도 모두 좋아해서 종종 찾곤 한다고.

동명막국수

강원 고성군 거진읍 자산천로 36

비빔막국수로 먹다가 동치미 육수를 넣어 물막국수로 먹을 수 있는 막국수를 파는 식당. 이순임 씨는 이곳의 능이오리백숙을 추천한다. 능이의 향이 일품이니 꼭 맛보라는 말과 함께.

청보횟집

강원 고성군 죽왕면 공현진해변길 95-3

동해에 찾아와 회를 먹고 싶어 하는 손님들을 모시고 간다는 식당. 물회에 생선이 푸짐하게 들어 있어 만족스러운 곳이라고 한다. 창밖으로 동해를 내다볼 수 있어 그 맛이 더해진다.

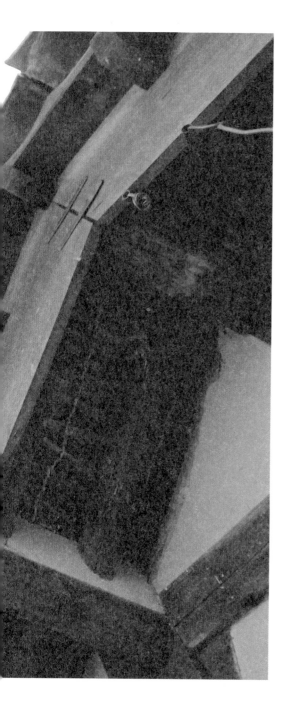

낯선 내가
거기에 있었다

아야진초등학교
박성진 선생님

문학에 대한 열망을 지켜가고 있는 박성진 씨는
그 꿈을 이루기 위해 인생의 방향을 조금씩 틀어왔다.
결코 평탄하지 않았던 그의 삶에서 시란 어떤 의미를 가지고 있었을까?
그가 꿈을 좇아온 길을 함께 되짚어보자.

글을 쓰고 싶어서 회사를 그만뒀어요

—

경영학을 전공하고 대기업에서 일했어요. 일했다고 하기에는 조금 그런 게, 세 달이 전부였지만요. 글을 쓰고 싶은 욕망이 있었는데 회사에 다니며 일에 파묻혀 있다 보면 아무것도 할 수 없겠더라고요. 그래서 고향인 부산에 가서 수능을 다시 보고 교육대학교에 들어갔어요. 졸업하고서 첫 해에는 초등교원 임용 시험을 안 봤고 그다음 해엔 불합격했어요. 세 번째 시험에 합격해서 초등학교 선생님이 되었죠.

경영학을 공부할 때에는 집안 사정이 좋지 않아서 아르바이트를 하며 학비를 벌었어요. 그러느라 '과 생활'이라는 걸 해본 적이 없었죠. 그런데 교대에 들어가고 보니 학비가 무척 싸더라고요. 방학 때 일을 하면 한 학기 동안 살 수 있을 정도로요. 늦은 나이에 들어간 교대에서 늦바람이 들었달까요, 하고 싶었던 그룹사운드 활동도 하며 즐겁게 지냈어요. 그룹사운드에선 보컬을 맡았었고 강원도에 오게 된 뒤에도 속초시립합창단에서 2년 동안 활동했습니다.

글을 쓰고 싶다던 사람이 왜 교대에 갔냐고요? 말씀드린 것처럼 집안 사정이 어려워서 경제적으로 보탬이 돼야 했거든요. 경제적 문제를 해결하면서도 글을 쓸 수 있는 일이 무엇인가 고민한 끝에 교직을 선택한 거죠.

언젠가 대출금 떨어지고

집에 손 벌리기도 힘들었던

교생 실습 때의 일

일 교시 마치면

아이들 우유 마시는데

놀기에 바빠 많으면 예닐곱

적은 날도 두세 개 남아

덩그러니 교실 지켰다

다른 교생 복사하러 가고

담임선생도 자리 비운 사이

얼른 가방 열어 아이들이 남긴

우유 쑤셔 넣고

달아오른 얼굴 식히려

바라본 창밖

때마침 흘러가는 우윳빛 구름

그 무렵 냉장고 열면

대관령 목초지가 펼쳐졌다

나는 바랐다

간단한 부끄러움도 없이

아이들이 튼튼하게 크든 말든

비위가 좋지 않길

놀이에 깊이 빠지길

대수롭지 않게 밀쳐놓는

담임선생의 농협 우유 속 소가

나를 보고 웃고 있었다

-박성진 「농협 우유」, 『숨』, 필북스 2018.

'예술적인 수업'의 실마리를 찾다

—

임용 시험에 합격하고 처음 아이들을 만난 곳은 경상남도 산청이었어요. 어머니 고향이 산청인데, 그 당시에 외할머니께서 편찮으셔서 어머니가 모시고 계셨거든요. 산청에서는 2년 반 정도 있었어요. 지금 제가 일하고 있는 아야진초등학교처럼 작은 학교였죠. 처음부터 도시에 있는 학교에 갈 생각이 없었어요. 도시 아이들이 어떻게 살고 있는지 빤히 알고 있었으니까요. 처음 발령을 받고 간 학교라서 아이들과 지내는 것은 재미있었어요. 하지만 그 지역 특유의 보수적인 느낌이 없지 않았고 교사들 사이에 알력도 있었죠. 그런 갈등을 못 견디는 천성이라서 시말서도 두 번이나 썼어요. (웃음)

초임 교사로서 아이들을 대하면서 무언가 철학을 갖춰야겠다고 생각하고 있었는데, 때마침 산청군 신안면에 있는 간디 학교에서 발도로프 교육에 대한 강연이 열렸습니다. 예술을 향한 갈망을 가진 제게는 '수업을 예술적으로 해야 한다'고 말하는 발도로프 교육이 매력적으로 느껴졌어요. 그래서 더 깊이 공부하기 위해 서울을 오가며 발도로프 교육을 공부하는 교사 모임에 나가기 시작했어요. 연수에도 참가했는데 마침 그 연수를 주최한 장학사가 속초양양교육지원청에 있더라고요. 그래서 강원도로 전근하기로 결심했죠. 첫 번째 학교에서 제가 힘들었다는 걸 부모님도 알고 계셨기 때문에, 반대는 하지 않으셨어요.

애를 쓰며 버텼지만

—

강원도로 옮기고 간 첫 번째 학교에는 발도로프 교육 교사 연수를 주도했던 장학사가 교감으로 발령받아 계셨어요. 혁신학교를 꾸리려고 하고 계셔서 그 학교에서부터 발도로프 교육을 적용하기 시작했습니다. 학교 안에서 발도로프 교육을 하는 선생님은 몇 분 안 계셨어요. 그래서 발도로프 교육을 하는 것에 오해와 의심을 품은 분들도 계셨고요. 그 학교에는 1년만 있었어요. 교감 선생님에게서 '관리자'의 모습을 보게 되었기 때문이었지요. 발도로프 교육의 내용은 급진적이었지만, 교감 선생님은 학교를 빨리 안정시키려고 무리하는 모습을 보였어요. 교감 선생님과 갈등하다 1년 만에 학교를 옮기게 된 거예요.

첫 학기에는 교감 선생님을 보는 제 시선이 잘못된 것 아닌가 생각했지만, 모순이 본격적으로 느껴지기 시작하면서 '내가 너무 애쓰며 견디고 있구나' 하는 생각이 들었어요. 그 학교에 있을 때에는 관사에서 지내고 있었는데, 학교와 가까워서 좋았지만 출퇴근이 따로 없다는 단점도 있었지요. 발도로프 교육을 실제에 적용하려면 수업 준비를 하는 데에 시간이 많이 걸려요. 하루에 서너 시간밖에 못 자곤 했어요. 이래저래 무진 애를 쓰고 있었던 거예요. 그때 닫힌 마음이 발도로프 교육과 같은 대안 교육에 관한 저의 신념을 많이 꺾어놓은 것 같아요. 고민 끝에 아야진초등학교로 오게 되었습니다.

자각 증상 없이 찾아온 암

—

아야진초등학교로 옮기고 2014년 12월에 건강검진을 받았어요. 난생 처음으로 한 내시경 검사에서 위암 판정을 받았습니다. 평소 체력에는 자신했기 때문에 많이 놀랐어요. 어려서부터 10년 가까이 신문 돌리는 일을 해서 새벽에 일어나는 것에 익숙해 있었고 자연히 몸이 좀 찌뿌둥한 것에도 익숙해서 암에 대한 자각 증상이 없었던 듯해요. 위암 2기였습니다. 초기에 발견된 덕분에 1년 휴직하고 수술을 받았어요. 갑작스레 휴직을 하는 바람에 아이들 졸업식을 못 본 게 가장 서운했죠.

서울대학교 병원에서 수술을 받고 퇴원하자마자 산청으로 갔습니다. 부모님께서 밥이라도 해주겠다며 부르셨거든요. 항암치료를 받는 동안에는 먹고 자는 것도 힘들어요. 그래서 보통은 병원에 입원을 하죠. 하지만 저는 산청에 머물며 서울까지 통원을 했고, 아내 입장에서는 한동안 뜻밖의 시집살이를 하게 된 셈이었습니다.

수술과 치료는 잘 마쳤어요. 치료는 4차까지만 받았습니다. 원래대로라면 4차에서 중단하면 다시 처음부터 치료를 시작해야 해요. 그런데 제 체중이 67Kg에서 48Kg으로 줄어버려서 가족들도 치료를 그만두자고 하던 즈음에 메르스가 터져서 치료가 중단된 거였어요. 다행히 암이 재발하지는 않았습니다. 치료를 받지 않고 집에만 머물며 휴양하는 동안 체중도 많이 돌아왔고요. 지금도 3개월마다 검진을 계속 받고 있는데, 다행히 이상은 없다고 해요.

나를 바꾼 글쓰기 모임

—

아야진으로 오고부터 글쓰기 모임에 열심히 나가기 시작했어요. 자작나무라는 지역 글쓰기 모임이에요. 2주에 한 번씩 모여 회원들이 쓴 교실 이야기, 동시, 시 등을 두고 합평을 합니다. 제 아내도 이 모임에서 만났죠.

글쓰기 모임에 참여하며 제 시가 많이 달라진 것 같아요. 그전에는 남들과 전혀 소통하지 않고 20여 년 동안 혼자서 시를 써왔습니다. 하지만 글쓰기 모임에 참여하여 회원들과 합평을 하면서부터 관념적인 단어나 지나치게 수식적인 언어를 사용하지 않으려 애쓰게 되었고, 초등학생들도 이해할 만한 어휘들을 사용하게 되었어요. 그 덕분에 시들이 쉬워서 좋다는 이야기를 종종 듣습니다.

자기 기록을 하는 사람이 자기 삶의 중심을 잡을 수 있다고 생각하기 때문에, 교사로 살면서 글쓰기를 중심에 두기로 했어요. 아이들과 함께 글쓰기에 집중하려 했습니다. 아야진초등학교도 발도르프 교육을 도입하고 있는 학교이긴 하지만, 거기에 너무 얽매이지 않고 수업하기로 마음을 먹었어요.

아이들과 함께 지내다 보면
아직 제가 모자라다는 생각이 들곤 해요.
지금도 아이들과 함께 자라는 느낌입니다.

아이들과 함께 자라요

—

요새는 아침 여섯 시쯤 일어나서 딸 하람이를 챙기고, 일곱 시쯤 집을 나서서 30분 뒤에 학교에 도착합니다. 한 시간 정도 수업을 준비해요. 오후 다섯 시에 업무가 끝나고요. 아이들과 함께 지내다 보면 아직 제가 모자라구나, 느껴지곤 해요. 예컨대 세월호 참사 때의 일이 그랬죠. 세월호 참사가 일어났던 날엔 출장을 가 있었어요. 다음 날 교실에 들어갔더니 6학년 아이들이 참사에 대해 아무렇지도 않게 이야기하더라고요. 그것에 화가 나서 그만 정색을 하고 아이들을 나무랐습니다. 아이들도, 저도 놀랐지요. 제 태도에 대해 많이 반성했어요.

아이들은 어른들이 하는 말들을 여과 없이 받아들일 때가 많아요. 말하자면 이런 식으로요. 집에서 어른들이 세월호 참사 유족들을 두고 '시체 장사'를 한다고 얘기하는 걸 듣고 온 아이들이 학교에서 그 말을 그대로 합니다. 그럴 때에는 아이들이 이해할 수준으로 타이르기가 어렵습니다. 그래서인지 수업 시간에 정치적인 이야기를 하는 것을 저 스스로 불편해했던 것 같아요. 하지만 이제는 생각을 바꿨어요. 아이들이 이해할 수 있도록 짤막한 영상을 함께 보거나, 책을 함께 읽기도 합니다. 인권, 평등, 장애인에 관한 인식 등을 다룬 계기수업 동영상이 있긴 하지만, 하나같이 어설프고 형식적이더군요. 그런 동영상은 아이들에게 정답이 있다는 생각을 심어줍니다. 그래서 제가 인상 깊게 본 동영상이나 책들을 골라 아이들과 공유하는 편이에요. 연수를 다녀와서 배우게 된 것들을 이야기해주기도 하고요.

"시인이 꿈입니다"

—

수술을 받느라 휴직을 했을 때에 경상남도 진주에 있는 '소소책방'이라는 헌책방을 알게 되었습니다. 그곳을 운영하던 분이 조경국 씨였는데 자유롭고 멋지게 사는 분이시죠. 제가 교대를 졸업하던 해 임용시험을 보지 않고 1년 반쯤 서점에서 일한 적이 있거든요. 그래서 소소책방이 이사할 때, 서점에서 책을 묶던 실력을 발휘해 그분을 도와드렸어요. 일을 하고 있는데 조경국 씨가 "꿈이 뭐예요?" 하고 묻더군요. 정말 오랜만에 들어보는 질문이었습니다. 중학생 때부터 시인이 되기를 꿈꿔왔으니까, 그렇게 대답했지요. 그랬더니 써둔 시를 가져와 보라고 하시더군요.

원고를 검토한 조경국 씨가 책을 내기로 결정했고, 자작나무 글쓰기 모임의 동료들과 함께 시집의 원고를 교정하고 편집했어요. 이것이 무척 고급스럽게 만들어서 팔수록 손해인 책이 만들어지기까지의 사연입니다. (웃음) 이 시집은 독립 출판물이라서 동네 서점 몇 곳과 온라인 서점 알라딘에서만 판매했습니다. 시집을 내는 것 자체에만 목적을 두기로 하고 만든 책인 셈이지요. 초판 천 부는 1년 만에 다 팔렸다고 해요. 올해 초에 진주에 있는 펄북스에서 재출간되었고요.

타지에서 손님이 올 때마다
왕곡마을을 함께 둘러보곤 합니다.
여기에 가시면 환경운동을 하는 목사님이 계신
오봉교회에 꼭 들러보세요.

삶의 중심을

잡기 위한

자기 기록

언제부터인가 연인과 다툴 때면 나는 마주앉은 그의 눈이 아니라 나의 손을 들여다보게 되었다. 새삼 달라 보이는 손등을 찬찬히 응시하다 보면 '헤어지겠구나'라는 생각이 불쑥 찾아들곤 했는데, 그때마다 나의 연애는 정말로 끝이 나곤 했다. 이유는 모르겠지만 손을 바라보면 늘 그렇게 됐다. 그때의 나 자신은 몸의 안이 아니라 밖에 있는 느낌이 든다. 마치 영혼이 몸 위로 한 뼘쯤 떠 있는 것처럼.

소설을 읽다보면 이와 비슷한 감정을 느낀 작가들이 있음을 눈치 채게 되는데, 이를테면 제임스 설터의 작품이 그러하다. 그가 쓴 소설의 인물들은 자신을 있는 그대로 받아들이게 되는 순간 자기의 손을 들여다보곤 한다(혹은 자신의 손을 응시하는 순간 자신의 본모습을 받아들이게 된다). 자신의 몸이 새삼스러워질 때에 어떤 깨달음이 우리를 찾아오는 것은 아닐까.

박성진 씨도 암 투병을 통해 낯설어진 자신의 몸과 마주한다. 이 경험은 어떤 식으로든 그를 바꿔놓은 듯하다. 자신이 써온 시들을 묶어 한 권의 책을 만들기로 결심한 것이다. '스스로 작가라고 여기는 사람은 이미 작가'라는 말이 있듯이, 시집을 냄으로써 시인으로서의 정체성을 본격적으로 드러내겠노라고 선언한 셈이다. 이렇게 글쓰기를 자기 삶의 중심에 두면서부터 교사로서 아이들을 대하는 태도 역시 달라졌다. '교사 박성진'이 '시인 박성진'의 고운 결을 가지고, 아이들과 함께 자라고 있는 것이다.

자기 자신의 목소리에 귀를 기울이라는 흔한 교훈은 박성진 씨가 보여주는 삶의 궤적을 통해 그 의미를 더욱 분명히 드러낸다. 자신이 정말로 원하는 것이 무엇인지 알기란 쉽지 않다. 그렇기 때문에 우리는 종종 걸음의 속도를 늦추고, 직선이 아닌 발자국을 남기면서 산책을 할 필요가 있다. 그러다 보면 어느 순간 낯설어 보이는 자신을 만나게 될 것이다.

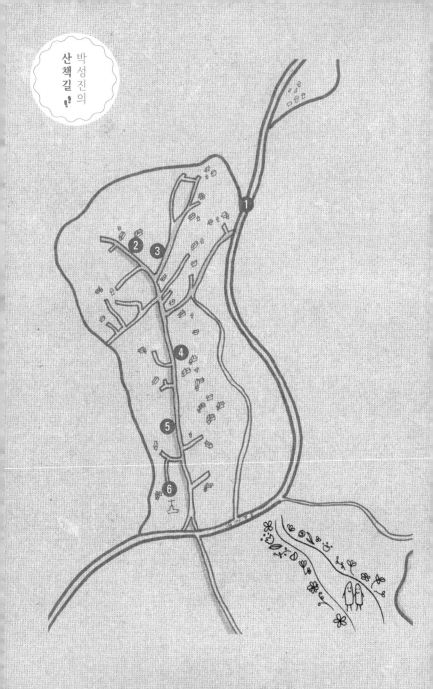

박성진의
산
책
길
!

고려 말기에 새로운 왕조가 들어서는 데에 반대했던 함부열은 관직에 나아가지 않고 고성으로 낙향했다. 그리고 그의 손자인 함영근이 이곳에 정착하면서 왕곡마을의 역사가 시작되었다. 다른 한옥마을들이 어딘지 상업적인 느낌을 주는 데 비해 왕곡마을은 아직 옛 모습을 그대로 간직하고 있다. 부산에서부터 시작되는 해파랑길의 47번 코스로, 역시 같은 코스에 있는 송지호와 가까이에 있어 함께 둘러볼 만하다.

이 마을에 보존된 한옥은 남한에서 유일하게 함경도식으로 지어진 것들이다. 함경도식 가옥은 본채에 외양간을 붙여서, 위에서 내려다보면 ㄱ자형이라는 특징이 있다. 외양간과 부엌 사이는 뚫려 있어서 부엌의 온기가 외양간으로 전달된다. 바람과 눈을 이겨내기 위해 창문을 작게 냈으며 마루도 없앴다. 방은 앞뒤 두 줄로 배열된 경우가 많다.

왕곡마을에 있는 집들에는 대문이 없다. 집성촌이므로 도둑이 들 걱정이 없어서이기도 하지만, 눈이 많이 내렸을 때 고립되지 않도록 하기 위한 것이기도 하다. 같은 이유로 대문 쪽의 담장도 없다. 이렇게 함으로써 겨울철에는 햇볕을 더 많이 받을 수 있게 된다. 담장은 집 뒤쪽에 둘러 있는 경우가 많은데 이는 북서쪽에서 불어오는 차가운 바람을 막고 겨울철에 눈이 집안으로 밀려들지 않게 하기 위함이다.

집 밖으로 드러나 있는 굴뚝들은 그 모양이 제각각이지만 보통은 진흙과 기와를 겹겹이 쌓아올려서 만든 경우가 많다. 그리고 그 위에는 항아리를 엎어놓는다. 이는 굴뚝을 통해 불길이 나와 초가에 옮겨 붙는 것을 막고, 항아리 안에서 열기가 돌게 하여 집안을 더욱 따뜻하게 하려는 것이다.

집성촌인 왕곡마을에서는 부모들은 한옥에 살고 출가한 자식들은 초가에 살곤 했다고 한다. 그래서인지 기와집 못지않게 초가들도 잘 보존되어 있다. 아직도 매년 12월이면 마을 사람들이 모여 초가의 이엉을 얹어주는 전통이 남아 있다. 왕곡마을의 집 몇 채는 숙박체험을 위한 공간으로 활용된다. 온라인 예약시스템(www. wanggok.kr)을 통해 예약할 수 있다.

왕곡마을축제 왕곡마을에서는 매년 10월에 축제가 열린다. 이 축제에는 주민과 관광객이 참여하여 전통 생활을 체험하고 민속놀이를 즐긴다. 또한 한과 만들기, 미꾸라지 잡기, 꼭두인형 만들기, 천연염색 등 유무료 체험 프로그램이 다양하다. 시골 마을 전체에서 열리는 마을잔치를 직접 경험하는 기분이 들 정도로 흥겹고 여유롭다. 다른 어떤 축제도 시시하게 여기던 가족이 왕곡마을축제에서는 처음으로 하루종일 시간을 보내고 돌아갔다는 후문이다. 축제의 하이라이트는 단연 트렉터 트레일러 체험으로, 마음껏 비명을 지르며 스릴을 즐길 수 있다.

왕곡마을이 위치한 곳은 고성군 죽왕면 오봉리다. 다섯 개의 봉우리로 둘러싸였다고 하여 그러한 이름이 붙었다. 오봉리의 유일한 교회 오봉교회는 왕곡마을의 남쪽 끝에 있다. 야트막한 언덕 위에 앉은 모습이 꽤 점잖아 보인다. 고성·속초·양양 환경운동연합의 공동대표이기도 한 장석근 목사가 예배를 집도한다. 박성진 씨의 시로 나머지 소개를 대신한다.

오봉교회가 좋다

가슴 울리는 목사님 말씀

가족처럼 맞아주는 교우들

무엇보다 예배 후 먹는 밥이 맛있다

교회 다니게 된 것도 사실 밥 때문

그런 요즘 야구를 시작해

주일 교회에 못 간다

하나님께 죄송하다

한 달이 넘었지만

다행히 벼락을 내리진 않으신다

마음이 타들어 간다

하나님 용서해 주세요

야구공 홈런으로 날려 드릴게요, 아멘

-박성진 「하나님께 죄송하다」, 『숨』, 필북스 2018.

토 성 면 은   어 떤 곳 ?

토성면은 고성군의 최남단에 속초와 접해
있다. 행정구역상으로 간성읍, 양양군 등
에 속해 있다가 1963년 고성군에 편입되
었다. 속초를 오가는 시내버스가 있어 생
활은 군청이 있는 간성읍보다는 속초가
중심이다. 아야진항, 천진항, 봉포항, 교
암항 등의 어항이 있으며 관동팔경 중 가
장 북쪽에 위치한 청간정도 여기에 있다.

청간정에서 바라보는 동해의 풍경과 해돋
이는 예로부터 이름이 나서 많은 시인들
이 그 아름다움을 노래했으며 정선과 김
홍도, 강세황 등이 그림을 남기기도 했다.
골짜기에서 흐르는 물을 간수(澗水)라고
하는데, 정자가 바위 사이에 흐르는 물에
임해 있어서 이와 같은 이름이 붙었다고

한다. 지금의 정자는 갑신정변 때 불타 없
어진 것을 지난세기 들어 재건한 것이다.

고성 8경 중 하나인 천학정은 일제강점기
였던 1931년 가파른 절벽 위에 지어졌다.
근처에 천 년이 넘는 소나무가 있어 운치
를 더한다. 여기에서 백도해수욕장, 자작
도해수욕장으로 이어지는 길의 경관이 빼
어나 드라이브코스로도 사랑받는다.

박성진 씨가 일하는 아야진초등학교는 작
고 아담한 어항인 아야진에 있다. 아야진
항에서는 새벽 6시경부터 많은 배들이 들
어와 경매를 준비하므로 일찍 나가면 신선
한 생선을 싸게 살 수 있다. 낚시를 즐기는
이들에게도 공공연히 알려진 곳이다.

오미냉면

강원 고성군 토성면 아야진해변길 73

투명하고 쫄깃한 면의 씹히는 느낌이 재미있는 냉면집. 냉면에 얹은 명태회무침과 따로 나오는 양념장이 맛의 비결인 듯하다. 수육을 시켜도 명태회무침과 같이 나온다. 더 맛있게 먹는 방법은 식당 벽에 붙어 있으니 직접 찾아가 확인해보자.

아야진반점

강원 고성군 토성면 아야진해변길 61

칼칼한 국물의 짬뽕이 일품인 아야진 유일무이의 중화요리 전문점. 여기서 배달해 온 짬뽕과 탕수육을 놓고 해변에 앉아 사색에 잠길 수 있다.

어부밥집

강원 고성군 토성면 아야진해변길 86

본래는 성황리에 운영 중이던 미용실이었는데 어느 날 갑자기 밥집으로 바뀌었다. 섬세한 손질은 미용실 때와 식당 때가 다르지 않다. 간편히 먹을 수 있는 백반이 좋다. 아야진항 앞쪽으로 아침식사가 되는 밥집이 몇 곳 있다.

고향냉면

강원 고성군 토성면 동해대로 5128

아야진 초입에 있는, 한식부터 중식 그리고 냉면까지 버라이어티한 음식을 갖춘 곳. 회냉면과 갈비탕에 중국요리 하나를 곁들이면 누구나 만족하는 식단이 된다.

남경식당

강원 고성군 토성면 토성로 140

감각적인 인테리어와 토속음식의 조화가 이색적인 식당. 문어곱창전골을 먹을 때면, '여기서 이런 맛이?'라는 생각이 든다. 참 시원하다.

인터뷰와 산책길 촬영을 위해 한 달 가까이 속초에서 지냈고 보강 취재를 하려고 몇 차례 더 서울과 속초를 오갔다. 그때마다 묵은 곳이 인소게스트하우스였다. 이곳의 주인 내외는 손님이 편안함을 느끼게 하는 방법이 무엇인지 잘 알고 있었다. 속초 시내에서 인터뷰나 촬영이 있을 때면 숙소에서 빌린 자전거가 내 발이 돼주기도 했다. 낮에 건넜던 설악대교와 금강대교를 어두워질 때에 다시 건너며 속초의 야경을 내려다보던 순간들이 지금도 간혹 생각난다. 인소게스트하우스는 무엇보다 가까운 곳에 도서관이 있다는 점이 좋았는데, 그 도서관의 지하에는 수영장도 있어서 틈이 날 때마다 한 개의 레인을 혼자 쓰는 느낌으로 수영을 하곤 했다. 대도시의 수영장과 다른 여유를 느낄 수 있었다. 물론 도서관 이용자들도 신경질적이지 않았다.

인소게스트하우스는 조양동 선사유적지 바로 옆에 있다. 걷고 싶은 기분이 들 때마다 선사유적지는 잠시 그 둘레를 내주어 내가 생각에 잠길 수 있게 해줬다. 입구에서부터 2~3분만 올라가면 설악산과 동해, 청초호의 풍경이 멋지게 펼쳐지는 곳이니 이 근처를 지난다면 한번 들러볼 것을 권한다.

숙소 근처에서 가장 즐겨 찾았던 식당은 '국수네'다. 이름대로 국수를 파는 가게인데, 재료가 바닥나 영업을 마친 뒤에 가거나 휴일에

216

가는 바람에 두 차례나 발길을 돌려야 했다. 꽤 도도한 가게로군, 하며 세 번째 찾았을 때에야 그곳의 음식을 맛볼 수 있었다. 묵은지를 살짝 볶아낸 반찬이 젓가락을 자주 당겼다.

인터뷰를 함께 기획한 박대우 선배와는 주로 속초 시외버스터미널 안쪽의 완벽한 날들에서 만났다. 완벽한 날들을 본부처럼 사용하며 드나드는 동안에 인터뷰이로 처음 만났던 그곳의 최윤복 대표에게 점점 호감이 생겼지만 멋진 사람에게 유독 수줍음을 타는 성격 탓에 표현하지 못했다. 언젠가 다시 찾게 된다면 이 글은 못 본 척, 그저 예전처럼 서로 부끄러워하며 데면데면하게 맞아주면 좋겠다. 이 공간의 세련됨과 경영자의 좋은 마인드가 곧 빛을 발하게 되리라 믿는다.

속초에 지내는 동안 새로 알게 된 곳 중 가장 마음에 든 것은 동명동 성당이었다. 속초를 찾을 때마다 영금정이니 등대전망대, 중앙시장 정도만 구경하고 말았는데 동명동 성당 정원에 올라서서 그 앞을 조망하는 순간만큼은 속초 사람이 된 것처럼 편안함을 느낄 수 있었다. 인터뷰이를 만나고 이 고장의 내력을 조사하는 과정에서 남다른 감정을 품게 되어서 그런지도 모르겠다. 그 앞이 내도록 가로막히지 않게 되어 속초를 찾는 다른 분들도 동명동 성당이 품고 있는 풍경의 포근함을 느껴본다면 좋겠다.

온다프레스가 있는 아야진에도 여러 차례 오갔다. 그곳의 식당 오
미냉면은 일정이 촉박하여 급하게 끼니를 해결해야 할 때마다 도움이
되었다. 육개장이나 갈비탕을 시키면 내주는 듯한 젓갈이 별미였다. 하
루는 벗들을 불러 아야진해수욕장 앞에 있는 유빈민박에 묵기도 했다.
바다 쪽으로 창이 난 방을 잡으면 아침이 즐거워질 만한 곳이다. 바로
옆에 있는 까페해변길에서는 도시의 까페 못지않게 꾸며진 공간에서
동해의 풍광을 즐길 수 있었다. 지역 소개와 인터뷰 후기를 작성하는
데 참고한 자료와 빌려 쓴 사진 자료의 출처를 밝히며 후기를 마친다.

참고 자료

『강원의 읍·면·동』, 강원일보사 엮음, 강원일보사, 2007.

『강원의 산하』, 강원일보사 엮음, 강원일보사, 2007.

『후 이즈 힙스터?/힙스터 핸드북』, 문희언 지음, 여름의숲, 2017.

『여행하지 않은 곳에 대해 말하는 법』, 피에르 바야르 지음, 여름언덕, 2012.

『니체의 인간학』, 나카지마 요시미치 지음, 다산북스, 2016.

『인류의 대항해』, 브라이언 페이건 지음, 미지북스, 2014.

『도시골사람』, 우연수집가 지음, 미호, 2016.

『어젯밤』, 제임스 설터 지음, 마음산책, 2010.

『여행자』, 후칭팡 지음, 북노마드, 2014.

사진 출처

34쪽 ⓒ jkazeyume (pixabay.com)

45쪽 ⓒ Making Oceans Plastic Free

106쪽 ⓒ 김안나

129쪽 ⓒ 완앤송

145쪽 ⓒ 박한영

172~181쪽 ⓒ 황진·이은석

197쪽 ⓒ 박성진

산책길 지도 일러스트

ⓒ 복선명

온다 씨의 강원도

막연하지 않은 강원살이: 고성·속초·양양 편

초판 1쇄 발행	2018년 3월 30일

지은이	김준연
펴낸이	박대우
펴낸곳	온다프레스
등록	제434-2017-000001호(2017년 10월 20일)
주소	24756 강원도 고성군 토성면 아야진길 50-3
전화	070-4067-8645
팩스	050-7331-2145
메일	onda.ayajin@gmail.com
인스타그램	https://www.instagram.com/onda_press

ⓒ 김준연 2018
ISBN 979-11-963291-0-5 03810

이 도서의 국립중앙도서관 출판예정도서목록(CIP)은 서지정보유통지원시스템
(http://seoji.nl.go.kr)과 국가자료공동목록시스템(http://www.nl.go.kr/kolisnet)에서
이용하실 수 있습니다. (CIP제어번호 : CIP2018007340)